S P R I N G

每一本好書都是一顆種子，
春天播種在你的心田夢土上。

S P R I N G

每一本好書都是一顆種子，
春天播種在你的心田夢土上。

Spring

妳的愛情
我在對面

在愛情與友情之間，有種東西叫作曖昧；在幸福與兩難之間，有種選擇叫作成全。愛妳，不為難妳，只守護妳；
於是，妳的愛情，我在對面。

舊橘子。新橘子。

開始有種把作者序當作橘子專欄寫的混亂感，這得感謝你們的支持還有出版社的愛護。

嗯，客套話就說到這。

這是我寫作第二年的小說，原書名為《台北夜未眠》，因為不是我自己取的書名、而且還有點不太喜歡，所以當它獲得重新出版的青睞時，首先迫不及待做的第一件事情就是替它換個新名字。

沒記錯的話這本《妳的愛情，我在對面》當年是接在《幸福，不見不散》之後寫的，所以有著相同程度的酸甜，以及明顯純愛的孩子氣，不過和《幸福，不見不散》的最大差別在於若干年後的我自己將它做了相當程度的修改、調整；在書的末了，原來是很猶豫著要更改結局的，因為寫著寫著發現自己完全性的私心偏愛小澈這角色，不過，在一杯咖啡的猶豫之後，終究還是維持了原來的結局。

因為我只是在想：當年的我之所以會給這樣的結局，或許正是因為它就該是這個結局。

另外，不得不說明的是，封底的文字：葉子的離去是因為風的追求還是樹的不挽留。這並不是我原創的字句，然而上網搜尋也找不到原出處。

希望大家都能珍惜生活裡細而微小的幸福，還有，要幸福喔！

橘子

第一章

呃……完蛋了！從暖呼呼的棉被裡探出頭來，我揉了揉眼睛，簡直不敢相信鬧鐘上的指針明明白白的已經指向中午十二點，真是該死了我！

果真，當我左腳尖才碰到地板、人都還沒完全下床時，至翰就超準時的來了電話，而口氣是很不愉快：

『現在是幾點！』

「十……呃、十二點，其實嚴格說起來是十一點五十分啦！哈～～」

我試著裝死，但沒用；聽到我刻意要故作沒事的笑聲，至翰八成是猜到我人這會還賴在棉被裡，於是他整個人更不愉快的又質問：

『妳人該不會還在棉被裡吧？』

「嚴格說起來我現在只剩半個人在棉被裡喲。」

本來我是想要幽這麼個默、裝這麼個可愛的，但想想搞不好這只會把至翰給惹得更火，於是我想想還是作罷，而只是故作鎮定的回答：

「沒有啦，我已經要出門了啦。」

『我們是約幾點！』

嚇！越來越兇了。

「好像是十二點耶，哈～～」

『我們是約十二點見面還是十二點出門！』

該死該死，看來至翰今天心情非常的不好，索性還是直接道歉吧：

「對不起我錯了，請原諒我這個遲到鬼。」

『算了，知道錯就好，那、我們改約三點吧。』

「咦？這樣會不會讓你等太久呀？」

『ＯＫ啦，反正我也才剛醒而已，天冷冷的、還真好睡。』

娘的咧！那你剛還在那邊裝生氣個屁！

當然這句話只是在我心裡的小小ＯＳ而已，因為至翰覺得女人說粗話很不可愛，而他可不想跟個不可愛的女生交往，所以我無論如何都不可以讓至翰發現其實他的女朋友我、心裡面常常會有很不可愛的ＯＳ。

今天是至翰和我交往兩週年的紀念日，而至翰也是我之所以大學畢業後決定搬來台北住順便找工作的初衷，只因為在畢業典禮之後，當時至翰咬著麥當勞的漢堡，還抹了兩根薯條往嘴裡塞，然後口齒不清的含糊說道：

『畢業後我不想假日還塞車來高雄看妳，那會把我給累死，所以、我看妳不如就搬來台北吧。』

「哦，好呀。」

這是我當時的回答，而至於往後小瑱知道這事的第一個反應則是：

『妳這個沒用的傢伙，女人的臉都被妳給丟光了！』

我想小瑱說的一點也沒錯，因為確實一直以來我就是個沒用又聽話的女生，不知道是不是因為這樣，所以至翰才會看上我的呢？

我相當仔細的回想著。

至翰和我是大學同學，連我自己也難以置信的是，我們在當了三年的純同學之後才開始想到要交往，而實際情形是，那天至翰突然約了我吃麥當勞，同樣的他當時嘴裡咬著雞腿堡，並且往嘴裡唏哩呼嚕的灌了好大一口可樂，然後口齒不清的說道：

『反正我沒女朋友而妳沒男朋友，所以不如我們就交往吧。』

然後我們就交往了，真是沒想到要開啟一段感情居然這麼簡單；而當小瑱知道我這麼簡單就讓至翰給把到手時，她差點沒惱的把我揍成許純美。

真是搞不懂我最好的朋友幹什麼這麼討厭我的男朋友呢？

雖然至翰把見面的時間往後延了三個小時，但我還是乖乖的穿上至翰最喜歡的小洋裝、蹬上至翰最喜歡的高跟鞋，然後先出門等他；畢竟沒錢買個像樣的禮物送至翰當作是我們交往兩週年的紀念，那麼就乾脆把難得的準時赴約當作紀念吧。

對！就這麼辦。

當我走了十分鐘的路程來到捷運站的時候，才驚訝的突然發現不知道從什麼時候開始，我的皮包裡竟然只剩下一張千元大鈔了！

這對我來說是非常糟糕的狀況，那表示我很可能得開始過著三餐不繼的窮苦生活了！而且最該死的是，這還不知道要持續到什麼時候。

哎！我當學生的時候都沒有這麼窮苦過。

還好我還有至翰，還好在至翰大男人主義的想法裡，約會買單本來就是男人天經地義的責任，還好我的至翰是個不折不扣的大男人，而且是個畢業後馬上找到工作的幸運傢伙！

不像我，每天只能坐吃山空。

哎～～

因為想到反正還有至翰是我的靠山，所以我便很爽快的把最後的那張鈔票投進兌幣機裡，然後換來二十個重死人的硬幣；這對我來說又是一種非常糟糕的狀況，因為我天生有種怪毛病，那就是不知道為什麼老和口袋裡的硬幣過不去，我想這應該是和這怪毛病分手的最好時機。

否則我的日子就難過了。

『小姐。』

我轉頭一看，發現是一個長得很高而且感覺十分靦腆的大男生向我搭訕。

『我能不能……』

能不能和我做朋友嗎？

『我能不能向妳借四十塊？』

「吭？」

恐怕是我多心了，原來他的目的不是搭訕而是借錢，真是掃興。

『因為……我只有一千塊找不開，所以……』

他以為我身後這台機器是裝飾用的嗎？忘了帶錢還不好意思直說，難怪他要靦腆成這樣。

「好呀！反正我零錢多的是。」

於是我笑著遞給他一枚硬幣，然後他以一副非常感激的表情直向我道謝，並且再三保證一定會還。

「哦，好呀。」

一般人遇到這種情形的時候，好像都會客氣的說不用了，反正沒多少錢，但是我卻沒有這麼做的原因，不是我真的要他還，而是我另外一個怪毛病，不曉得該怎麼拒絕別人。

尤其對方又是一個帥哥，靦腆又可愛的帥哥。

只是我總覺得那張臉彷彿似曾相識的感覺。

因為我這種沒辦法拒絕別人的怪毛病，以至於我在等至翰的時候，被一個笑容很慈祥的老婆婆要求買口香糖。

「哦，好呀。」

當老婆婆對我笑著說謝謝的時候，我的眼淚差點掉下來。

這條口香糖該不會是我明天的午餐吧？真慘！

我左手拿著口香糖，右手放在口袋裡悄悄的數著錢——

九百塊！

當至翰終於出現在我的面前時，我僅存的財產只有九百塊，而時間是下午四點。

還不錯，至翰這次只遲到了一個小時。

還不錯，剛好差不多可以吃晚餐。

還不錯，我還有至翰。

還不錯，我的人生到目前為止，都只能勉強算是還不錯的狀態。

只是勉強欸！

哎～～

第二章

麥當勞。

對面坐著依舊是大口咬著漢堡、手裡握著奶昔的至翰，忍不住的、我立刻跟他分享剛才在捷運站裡的發現：

「我剛才好像在捷運站裡遇到明星耶。」

『誰？』

「不曉得名字，好像是一個新人吧。」

『先別說這個了。』用袖子抹了抹嘴角的蕃茄醬，至翰唏哩呼嚕的把奶昔又灌滿嘴裡之後，才又說：『我有很重要的事情想要告訴妳。』

「哦，好呀。」

『我們就到這裡吧。』

「咦？」

『意思是，我們分手吧。』

「哦。」

『怎麼？妳不同意？』

「我只是……覺得好像很突然的感覺。」

『不然是要怎樣才不突然？』

「呃……」

『其實妳是想問我為什麼吧？』

「欸。」

清了清喉嚨，至翰一點心虛一點內疚也沒有的，說：

『我之前不是常常提起我的主管對我很好嗎？』

「對呀。」

『她是個女的，我承認我有在刻意避開這點。』

「為什麼？」

『因為她是個成熟又有魅力的女主管呀。』

「所以？」

『所以我和她上床了，前天部門聚會之後發生的事，別的同事續攤去KTV，我們兩個人單獨續攤到Motel。』

『是不是喝多了呀？』

『沒有——』嘆了口氣，『哎！好啦，是喝多了沒錯，但不至於到酒後亂性，頂多只是藉酒壯膽，但重點是……』

至翰筆直的盯著我，一副好像希望我立刻哭出來的期待表情，只不過連我自己也覺得很抱歉的是：我沒有。

如果哭了的話，他會改口說那確實是酒後亂性，然後祈求我的原諒，接著我們繼續把這該死的漢堡吃完，最後當作什麼事也沒有發生、繼續談我們的戀愛吃我們的麥當勞然後期待下一個交往紀念日嗎？

我不知道，我只知道我沒哭；或許我是該哭的，但可惱的是我怎麼就是哭不出來，或許我是該去眼科檢查檢查自己有沒有乾眼症吧。

『……重點是我發現和熟女交往真的比較好，她們比較有錢又會保養不說，而且還會自己找好飯店而且知道怎麼開車比較順路……』

一回過神，至翰還在自顧著說，而我卻只能盯著眼前的漢堡然後發現其實我早就受夠了麥當勞。

『……技術上也好得沒話說，我很慶幸我的第一次是和熟女，因為她們還會指導，我這裡指的技術不是開車而是——哎！妳不會懂的啦。』

「所以你因此要跟我分手？」

『是這樣子的沒錯。』

「哦。」

我忘了我是怎麼回到家的，不過我猜大概是至翰騎車送我回家的吧！因為當我回過神來的時候，我發現我人坐在馬桶上，而身上還有九百塊，以及一條價值十五塊的愛心口香糖。

我有哭嗎？沒有，這是我的另一個怪毛病，我不習慣用眼淚解決問題。

如果我哭的話，至翰就會內疚的回心轉意了嗎？我不知道，永遠沒有機會知道了。

就算是這樣，我還是不會哭的吧！不知道為什麼，我就是不習慣在別人面前掉眼淚。

所以我只是卯起來狠狠的把浴室整個刷了一遍、而且還是拿著牙刷連磁磚縫隙都仔仔細細沒放過的那種狠狠刷法；差不多有兩個鐘頭那麼久，我呆望著沒有地方可以再給我刷的潔白浴室時，終於想到要打電話給小瑱：

「至翰和我分手了，差不多是三個鐘頭以前的事情吧。」

而小瑱的反應和我一樣淡，好像這早在她的意料之中的那種感覺，坦白說小瑱的反應真是傷感情，不過她還是很好心的立刻趕過來陪我，好像是怕我會做傻事一樣。

小瑱雖然嘴巴兇狠歸兇狠，但實際上還真是個貼心的好女人，因為她來的時候，還順便帶了水果來給我吃，只不過她的目的是要我削給她吃。

在嗑掉了整盤的水梨之後，小填才終於想到了似的，問：

『為什麼分手？』

「至翰說他和別的女人上床了。」

『哪個野女人？』

「他的女主管。」

『他愛老女人？』

「應該不老，只是熟女，而且技術很好，他很開心。」

『妳是在胡說八道什麼呀？』

「如果這一切都只是我的胡說八道那該有多好。」

『所以妳就答應了？』

「不然怎麼辦？跟他說那我們也上床好了，這樣就扯平了嗎？」

『哎！該說妳人太好還是太笨呀？』

聽見小填為我嘆氣的時候，我才開始也想要哀聲嘆氣。

「如果至翰也想和我上床的話，直接說就好了呀！」

『你們沒做過？』

我搖頭。

『你們不是交往兩年了？』

我點頭。

「如果有的話，他就不會和那女人上床了吧？」

『那妳幹嘛還一副很可惜的樣子呀？還好是這點便宜沒給他佔到！趁此之前早點分手了也好呀！』

「可是還是會難過呀。」

『難過什麼？』

「今天是我們交往的兩週年紀念耶！沒有必要在這種時候提分手吧！明天再說也好呀！或者晚上十二點零一分傳簡訊給我也可以呀！想到這一點就真的很難過耶！」

『該難過的是那混帳居然和妳交往的同時，又和別的女人上床吧？』

「這點也讓我有點難過。」

『覺得難過就哭呀！幹嘛憋著？』

「我不是憋著呀！只是沒有想要哭的感覺而已。」

『哎！』

哎～～

「怎麼辦？」

『妳想抱著他的大腿求他回來？』

「這倒是不至於！比較嚴重的問題是我只剩下九百塊，和一條口香糖。」

『哎！』

「又還沒找到工作。」

『哎！』

「也不知道自己到底想要做什麼。」

『哎！』

「現在就連至翰都把我甩了。」

『哎！』

「在這種情形下回家，又覺得很丟臉，好像會一輩子都因此而倒楣到進棺材為止。」

『哎！』

「我怎麼會那麼衰呀？就算是犯太歲也沒道理衰成這樣吧？」

『哎。』

終於小瑱嘆息嘆到自己都覺得累了的時候，她提議道：

『乾脆妳先來我家住一陣子吧！』

「吭？」

『吭什麼呀！妳也不想這麼丟臉的回家吧？因為被男朋友甩了、所以留在台北的理由沒了、再加上又一直找不到工作房租實在不好意思再向家裡要，於是乾脆心灰意冷的搬回家。』

「呃……雖然是自己明明也知道的事實，不過怎麼搞的從別人嘴裡講出來就會覺得整個有夠具體感的心酸了起來。」

『妳才知道哦！』巴了一下我的頭之後，小瑱又說：『反正我小弟當兵去了房間空著，妳就先住我家吧！』

「可是……」

『還可是什麼？九百塊不要說是房租、就是連水電費也不夠付吧？』

「也對啦。」

『我問問我男朋友，找哪天有空就來幫妳搬家吧。』

「哦，好呀！」

不知道從什麼時候開始，哦好呀這三個字好像已經變成我的口頭禪了。

哎！我會被這個口頭禪害慘的。

第三章

於是幾天之後，小瑱領著她男朋友開車來替我搬行李，而當時我口袋裡剩下的財產是五百二十元，不過我還是很堅持花四十五塊買飲料感激他們的大恩大德兼雪中送炭。

還好還有小瑱。

不知道是不是被那間黯淡寒酸小雅房給唱衰的，在搬進小瑱家的當晚，我就在網路上看到個還不錯的工作。

『編劇？不錯嘛！聽起來挺拉風的耶。』

小瑱從我肩膀後探出腦袋，反應比本人我還要興奮。

「可是我沒有編劇經驗耶。」

『反正妳是中文系畢業的，怕啥？』

「可是──」

巴了一下我的頭，小瑱雙手扠著腰：

『反正妳給我寄履歷就對了，那家公司很有名耶。』

「唔……很有名……聽起來好可怕的樣子哦。」

又巴了一下我的頭：

『反正妳先寄履歷就對了啦！又不是說寄了人家就會要妳去面試。』

「也對哦。」

於是我就好心安的把履歷給send了去，結果沒想到幾天之後居然就接到了要求面試的通知。

「怎麼會這樣？」

『哎～～這樣不是很好嗎？反正妳去面試又不代表人家就要用妳。』

「不，我這次不會再被妳誆了。」

『為啥不？還是說妳連搭捷運去面試的錢都不夠了？』

挑著眉，小瑱有夠瞧不起人的問。

「是還有那麼一點啦。」

所謂的那麼一點剛好就是二十塊。

於是約好了面試的這天，我把自己打扮妥當送上捷運，懷抱著反正應該不會被錄取的鴕鳥心態面試去。

而小瑱說的真是沒錯，當我按著地址找到這家公司時，樓下居然還有幾個疑似粉絲的追星族小女生守候在那裡；其實本來我是不怎麼緊張的，但一想到這可是個已經有追星族守候的氣派公司時，就莫名其妙的覺得十分害怕。

哎～～不知道我這種膽小的毛病什麼時候才改得了呢？

搭電梯。

等到電梯的門一開，首先迎接我的是對面公司門裡傳出來的驚人對罵聲，而且很不幸的那剛好就是這會我要去面試的公司，才想著未免也太可怕了吧而想掉頭走人的時候，結果一個嘴角叼著香菸的台客男喊住我：

『來試鏡？』

「我？」

『廢話！不然鬼哦！』

「呃……我、呃……是來應徵編劇的。」

『編劇？』

嘴角叼著香菸的台客男上上下下有夠不客氣的把我打量過一遍之後，他說：

『型不錯，要不要順便試鏡？我們還缺幾個小角色。』

「謝謝，可是我不會演戲。」

『哦，那個門進去。』

「咦？」

『編劇呀，妳不是來應徵的嗎？那個門進去就是了。』

「哦，謝謝。」

於是我走進這個辦公室和其他七個人一同等待著，在等待了半個小時幾乎等到我就要睡著之後，終於有個神色匆忙的女人跑進來很快的說了一些話，然後丟了幾頁COPY的漫畫和一疊稿紙以及一支支削得尖尖的鉛筆給每個人，就又匆匆忙忙的跑走了。

而根據她剛才好像用快轉所說的話的意思，大概是要我們在一個半鐘頭的時間內，把這些漫畫改寫成十五分鐘左右的劇本，等我理解完、回過神來的時候，才發現除了我之外的每個人都已經在低頭猛寫了。

真是一群可怕的對手。

我開始有一股後悔浪費二十塊錢來這裡的挫折感。

原因之一是我不知道所謂的劇本長成什麼樣子，之二是我不知道所謂十五分鐘的戲是什麼意思。

於是我嘆了一口氣之後，開始把我自己想像中的所謂十五分鐘的劇本試著寫出來。

『妳知道嘆氣會衰三年嗎？』

「吭？」

原來是坐在我旁邊的一個長相善良的活像個國小女教師的大女生開口對我說話，不知道是不是她也和我同樣對於所謂的十五分鐘的劇本感到不知所措的關係，所以她就乾脆找我聊天。

『所以不要隨便嘆氣比較好哦！』

「哦，好呀。」

一個半小時之後，那個神色匆忙的女人又旋風似的出現在我們面前，很快的宣告時間結束還說沒寫完也沒關係，於是我們所有人同時停筆把東西交給她便走人。

接著我大概知道為什麼她老是這麼忙了，因為連收稿子這種簡單動作都可以令她手忙腳亂成一團，所以我嘆了口氣，突然想到剛剛那個女生善意的叮嚀，於是又把嘆到嘴邊的氣收回肚子裡。

我起身替她整理，因為心想反正我閒閒也沒事，而且應該是不會再有到這裡來的機會了，所以多待一會感受一下台北人該有的忙碌氣氛也是不錯的。

『謝謝。』

很快的整理好之後，那女生直道謝，然後又以跑路的姿態離開了，我望著她的背影，心想或許我來應徵行政助理的話，錄取機率會大得多也不一定。

——當我為自己這空虛到不行的優越感而開心不已的時候，突然想到一個非常現實層面的問題

我好像在來的時候就把僅存的二十塊錢花掉了！而我居然忘了回家也是要坐捷運的！

我簡直恨死了我的蠢腦袋。

哎！難不成要我走兩個鐘頭的路程回家嗎？

哎～～

我的惡運幾時才會過去呀？

大概這就是所謂的天無絕人之路吧！也可能是上帝也覺得我的遭遇真的太帶賽了所以不忍心再折磨我的腿，就當我在心裡開始為我的雙腿禱告的時候，一個不小心就和迎面走來的人給撞個正著。

還好對方是個高個兒，所以我是結結實實的撞進他結結實實的胸膛裡，於是我扶著額頭而對方捂著胸口，當我們回過神來的時候連忙直道歉——

「是你！」

『是妳！』

沒想到我們連道完歉的第一句話都一樣，真是好默契。

『妳來這裡找我哦？』

「啊？」

『上次在捷運呀！我向妳借了五十塊不是？』

「對哦。」

『我本來以為那時候沒有被妳認出來。』

「哦。」

『妳是不是撞到頭很痛？』

「咦？」

『因為妳好像呆呆的樣子。』

其實我不是被撞呆的，我是天生呆。

「其實我是來應徵的啦，並不是特地來要回五十塊的。」

『演員？』

「編劇。」

『妳會寫劇本？』

『張以文！』

我們同時轉頭，是一個胖呼呼的娘娘腔遠遠的在叫他。

『明天十點哦。』

『好。』

轉過頭，這個原來叫作張以文的高個兒笑著低頭望著我：

『我下班了。』

「辛苦了。」

『妳很……』

「啥？」

『可愛。』

還好！我本來以為他要說的是：妳很呆耶！腦子確定有在頭皮裡嗎？

『吃過了嗎？』

「還沒耶！」

『我請妳吃飯好不好？』

「咦？」

『報答妳的救命之恩呀。』

「怎麼說？」

『因為妳那天及時借錢給我，所以我才沒遲到呀！否則又要被海削一頓了，我們導演會揍人耶，沒蓋妳。』

「唔……。」

於是他戴上棒球帽算是變裝之後，我們並肩走到附近的咖啡廳吃飯。

「不過我沒想到居然會在捷運站遇到明星耶！」

『我還不算明星啦！所以才以為不會被認出來的。』

「上過電視就算了吧！不過你搭捷運不會很麻煩嗎？我以為明星都會有專人接送的耶！」

『因為我還是新人呀！還不算明星啦！』

不知道為什麼，他好像很怕自己是個明星似的，真是個怪明星。

「不過你本人跟電視上差很多耶！」

『會嗎？我又沒化妝。』

「我是說感覺啦，看你在電視上都嘛酷酷的不怎麼講話，本人倒是很Nice耶。」

『那是因為我怕攝影機。』

「哦。」

『嗯，尤其是記者，總覺得在他們面前怎麼講都會說錯話。』

「那你幹嘛還當明星？」

『我本來也不想呀！我只是陪朋友來試鏡，沒想到卻變成是我被錄取。』

「因為你長得帥吧？」

『沒有啦！』

真可愛，這傢伙居然還會害羞，真是跟螢幕上判若兩人欸。

「既然這樣為什麼還要當明星呀？」

『我不是明星啦！』

「好啦好啦！為什麼要演戲？」

『因為不想當模特兒呀。』

這種外表吃香的人真好！連煩惱聽起來都令人羨慕。

『妳在找工作哦？』

「嗯，真是不知道自己能做什麼欸！」

『不如也來演戲吧？好像還有角色的樣子。』

「演戲好玩嗎？」

『不好玩，又常會被罵，導演很兇而且還會揍人。』

「那你還叫我去？」

『也對哦。』

不知道為什麼，我老覺得這個人真不像我想像中的那種明星，沒想到居然會有這麼平易近人的明星，大概是因為他不認為自己是明星吧？

不過也沒見過這麼好相處的帥哥。

更好的是，他在付完帳之餘還不忘把五十塊還給我，真是個好人；為了感激他是好人的這件事情，所以我就把一直放在包包裡的那條十五塊錢愛心口香糖送給他。

》第四章《

「他人真的很Nice耶。」

『誰呀？』

「一個叫作張以文的新偶像，本人超Nice的啦！」指著娛樂新聞，我忍不住興奮的尖叫：「呀呀，就是他就是他！」

果真張以文在電視上比本人酷很多，冷冷的、不太愛講話，或許正如他所說的，只是面對攝影機還很不自在的關係吧。

真是好奇妙的感覺，好像只是長了同一張相同面孔的兩個人。

『滿帥的嘛！簡直像是生下來就是為了要演偶像那樣的帥法嘛。』

我點頭，然後對著電視上的張以文傻笑。

『妳說他叫什麼名字？』

「張以文。」

『哦。』

顯然張以文的名字並不是小瑱關心的重點，而她真正關心的重點是我去面試的結果。

「應該是沒機會的吧，因為首先劇本是什麼東西，我根本搞不懂呀。」
『所以咧？妳就直接轉身走人？』
我哪那麼酷呀。
「就還是咬著牙寫啦，照我自己的想像下去寫。」
『那看來確實是沒機會的沒錯。』
「過分。」
『倒是，妳幹嘛還一副很開心的樣子呀？害我還一度誤會妳是當場被錄取了咧。』
「因為遇到明星呀，而且他人真的很Nice耶。」
『知道啦知道啦，囉囉嗦嗦的強調個沒完沒了，真是、吵死人了。』
呿～～就算真的吵也沒必要又巴人家的頭吧！
嘖。

『然後咧？』
「然後啥？」
『很Nice的帥哥而且又是個明星，沒跟妳要電話？』
「沒呀，跟我要電話幹嘛？」
『表示他想追妳呀。』

「沒可能吧，他們那圈子美女整缸子，哪可能會看上我呀。」

『那他幹嘛請妳吃飯？』

於是我就把和張以文偶遇的前後經過完完整整的報告給小瑱聽，而聽完這來龍去脈之後，這是她的第一個感想：

『我覺得妳其實挺適合寫劇本的。』

「怎麼說？」

『因為剛聽妳說這事，感覺好像在聽故事一樣。』

「這是讚美嗎？」

『當然不是呀。』

呿～～

『可是我怎麼聽來覺得他對妳有意思呀？』

「想太多。」

我開玩笑的學小瑱巴我頭那樣的巴她頭，結果事實證明這女人真是一點小玩笑也開不起，因為馬上她就把我從沙發上過肩摔到地板上。

噴！

「很痛耶！」

『活該，誰叫妳隨便巴我頭。』

「過分過分過分。」

把我的頭給巴回去，順便還很沒品的把手指上黏答答的水果漬往我袖子上抹完之後，小瑱才說：

『問妳一個問題好不好？』

「好呀。」

『妳怎麼老是一副狀況外的樣子呀？』

「呃……。」

『算了啦，由此可證，上帝是公平的。』

「啥意思？」

『當上帝給了某個人漂亮的外表時，腦容量通常就不會對她太大方。』

「這是在稱讚我美的意思嗎？」

『非也，這是在嘲笑妳呆。』

「呿～～」

不過我想小瑱其實說的一點也沒錯，都給人挖苦了、我居然完全性的沒有聽出來，哎～哎～我的腦子是不是其實已經離家出走了呢？

『欸，我看妳乾脆暫時先到我爸的餐廳去打工好了。』

「咦？」

『妳的口袋已經空到來寒流了不是？』

「是還有三十塊啦，還好張以文及時把五十塊還我，他人——」

『真的很Nice第四次。』

「呵。」

『哎～～』

「嘆氣會衰三年哦。」

『再嘆也衰不過妳啦。』

嘖。

「欸，我說、妳朋友也就是我本人，心也是肉做的耶！就算是再怎麼麻吉的好朋友，有時候講話也不能總是這麼直接又赤裸吧？」

小瑱青我。

「好啦好啦，我習慣就好。」

『這還差不多。』又巴了一下我的頭，『反正這樣的話妳白天還是可以繼續找工作呀。』

「哦。」

『而且找到的話，再把我爸那邊的打工給辭了也不遲。』

「這倒是耶。」
『哎～～』
我直覺小瑱真是我的幸運星，因為小瑱帶我到那家著名的餐廳認識環境順便混頓大餐吃的當晚，我就接到了那家公司打來通知面試的電話。
『那不是很好？』
掛上電話之後，小瑱簡直比我本人還要高興。
「妳想我是不是開始要告別惡運了？」
『妳都賽了這麼久，也該是要轉運的時候了吧！而且應該沒有人會衰一輩子的吧！這樣的話就太不人道了。』
「我的心也是肉做的耶！」
『又來了。』
「在這麼值得慶祝的夜晚，妳說的那些刺一般的實話，搞不好會因此害我繼續賽下去耶。」
『妳沒有我想像中的呆嘛！真好。』
這應該也不是讚美吧？

『所以你們真有緣耶！』

「什麼？」

『妳跟那個……叫什麼名字的帥哥？』

「張以文。」

『你們真有緣耶！』

「怎麼說？」

『就要變成同事啦，一個編劇、一個偶像演員，搞不好……嘿嘿～～』

「不算吧！又不是每次去都會遇到他，也不一定會被錄取呀。」

『反正妳就是好好表現就對了啦！』

「哦，好呀。」

『但妳還是要來打工哦！』

「為什麼？」

『沒辦法！妳不來我爸就會叫我來耶！妳能想像我給人端盤子的樣子嗎？』

「是不妥。」

『而且，反正妳又不一定會被錄取。』

這娘兒們！根本就是吃定我了。

》第五章《

於是決定要去面試的這天，我再度把自己打扮妥當送上捷運，而且還很心機的化了點妝，因為心想搞不好這次就這麼Lucky又讓我遇見張以文；至於口袋裡除了僅存的三十塊之外，這次還多了小瑱友情贊助的千元大鈔一張。

『就當作是那天把妳過肩摔的醫藥費吧。』

「我突然覺得好感動哦。」

『不過是一千塊，妳感動個屁呀！』

「不是啦！如果妳知道我已經有多久沒有親眼看過千元大鈔了，那麼妳就會明白我此刻內心是多麼的澎湃呀。」

『白痴。』

哈～～

當我再度來到這家公司時，發現到樓下門口的追星族幾乎是以倍數的成長時，這讓我又莫名其妙的緊張了起來，尤其當我發現自己和她們一樣、也在左顧右盼著張以文的出現時，我簡直惱的想把自己過肩摔了。

而當一走出電梯口時，對面公司這次傳來的是一陣哄堂的大笑，這讓我一度誤會自己是不是走錯了樓層？還好是上回那個嘴角叼菸的台客兄再度的又晃到電梯口來，並且一眼就把我給認出：

『改變心意來試鏡？』

「不是欸。」

『依舊執迷不悟試編劇？』

「欸。」

『那個門。』

「謝謝。」

於是我再度走進那個辦公室等待，這次等了大概過了一個小時左右，終於有個狠角色模樣的女強人走了進來。

在見到她之前，我一直以為小瑱幾乎可以算是這個世界上最不好惹的女生，所以我回去之後第一個要向小瑱報告的就是，我總算見識到兇狠程度遠遠超過她的狠角色了。

這樣應該算是值回票價了吧。

『那我們決定好之後會再通知妳。』

當我回過神的時候，女強人像是撂下狠話般的如此說道，然後就以迅雷不及掩耳的速度消失在我的視線範圍之內。

走出辦公室，大概就像小瑱說的那樣，我和那個不承認自己是明星的明星真的很有緣，因為這次又遇見張以文了。

還好今天出門時有偷化妝，哈！賭對了耶！

「嘿！」

這次他戴著棒球帽低頭快速的走路，要不是我先喊住他，恐怕又要被他給撞上了。

不過早知道就不應該這麼做的，因為他胸膛真是厚實到挺舒服的。

『是妳！』

他好像很堅持要以這兩個字作為開場白似的。

「很巧哦。」

『妳改變心意囉？』

「咦？」

『試鏡呀。』

「還是來面試編劇啦其實。」

『結果是？』

「不曉得。」

『吃過了嗎？』

「還沒欸。」

『那我請妳？』

「哦，好呀。」

真好，我們用簡單的對話就能夠進行溝通的動作。

於是我們極有默契的來到同樣的咖啡廳，不過這次我們選擇是一前一後，而且他顯然慢了許多，我想大概是被門口那些追星族纏上了吧！

真厲害，戲還沒上演就已經有死忠Fans了，大概會像小瑱猜的那樣吧！以後肯定紅翻天的。

「你越來越紅了耶！」

『沒有啦！只是比較多人認識而已。』

「那還搭捷運嗎？」

『所以就如妳說的，開始被接送了。』

「這麼說來是個明星囉？」

『我還不是明星啦！』

真是可愛的明星。

『不過很巧耶！沒想到還能在這裡遇到妳。』

「就是呀！」

『我明天就要去南部了。』

「回家？」

『拍戲，要開始拍了。』

「要加油哦！」

笑了笑，張以文很累的笑了笑之後，又問：

『妳真的不考慮試鏡女配角哦？還有很多角色耶！』

「幹嘛一定要拖我下水呀？」

『總是希望有人能演得比我爛呀！』

「喂！」

『開玩笑的啦！』

這好像是我第一次看見他笑，而他的笑容真的很迷人，孩子似的，如果我跟他再熟一點的話，或許我會建議他上鏡頭時多笑笑也不一定。

「你幾歲呀？」

『二十一。』

「哇！」

『怎麼了嗎？』

「還比我小一歲耶！」

這次他淡淡的微笑，臉上看起來很疲倦的樣子。

「你很累哦。」

『嗯，聽說拍戲會更累。』

「保重欸。」

『所以要謝謝妳的口香糖。』

「口香糖？」

『可以提神呀。』

「真的很辛苦欸。」

真的很辛苦欸！想我去年二十一歲的時候，只有晚上熬夜上網隔天才會覺得累而已。真的是同樣的年紀不同的世界。

『那——』

「嗯？」

『我可以要妳的電話嗎？』

——跟我要電話幹嘛？

——表示他想追妳呀！

『如果妳覺得勉強就——』

「不是。」

沒想到他居然誤會成那個意思，於是我趕忙拿出筆，然後在杯墊的背面寫下十個數字。

「因為我在台北也沒什麼朋友呀！」

『妳也不是台北人呀？』

「是呀。」

雖然覺得有點不應該，不過我還是忍不住的問：

「但是你好像很忙的樣子耶！」

『一有時間我就會打。』

手裡緊捏著寫有我手機號碼的杯墊，張以文笑著說。

「哦，好呀！」

那真是太好了！

》第六章《

然而當我才沉浸在終於不再被上帝討厭於是人生開始要幸福了的愉快感時，回到家卻發現小瑱和她那不常在家的老爸兩個人並肩坐在沙發上，而且表情還很沉重的樣子。

他倆的表情沉重到就算是遲鈍如我也能第一眼就看出事情不妙，雖然還不知道是什麼事情、怎麼個不妙法，不過身為局外人的我還是很安靜的端坐在沙發角角，洗耳恭聽這對兇狠掛的父女究竟是為了什麼事情嚴肅成這樣。

一聽之後我才明白，原來是小瑱爸生氣兒子退伍了就直接跑去尼泊爾單獨旅行不說，這會好不容易把他給盼回台灣，居然還是成天和朋友混在一起、連家也不回。

『我小弟真的是很傷腦筋耶。』

當小瑱爸發完牢騷走人，並且還不忘叮嚀我們不要因為懶惰就不吃飯、晚上睡覺要蓋好棉被並且要注意門戶安全之後，我們繼續方才的話題，關於這家兒子是多麼的傷人腦筋的這話題。

雖然我沒見過小瑱弟，不過我想他應該也是狠角色一個吧！因為居然能讓沒事就巴人腦袋、火大時還直接把人過肩摔的小瑱也搞得束手無策就大概可以猜個八九不離十；一想到這麼個狠中至狠的角色即將回到這屋簷下，我立刻就很識相的問道：

「我是不是該搬走啦？」

『妳幹什麼要搬走啦？』

「因為妳小弟退伍了要回家住了不是嗎？」

『他是退伍了但又不表示他要回家住了，吼～～可惡！光想就火大。』

「可是——」

『可是個屁呀！想想、要是妳搬走了，那誰給我煮飯洗衣削水果呀？』

「哦。」

『而且我一個人在家很無聊耶！我男朋友又沒可能每天來陪我。』

「哦。」

『說到這，去削盤柳丁來吃吃。』

「哦，好呀。」

而小瑱真是個刀子口豆腐心的好朋友，因為她在煩惱之餘還是不忘關心女傭、呃……不，是好朋友我的生活，在嗑掉半盤的柳丁之後，她問：

『面試還順利吧？』

「還要等通知耶，不過我倒是遇到一個比妳還兇狠的狠角色耶。」

『什麼鬼？狠角色？我嗎？』

唔……我忘了狠角色是自己在心底偷偷給小瑱取的綽號，而今卻一個失察說溜了嘴，為了避免再度被過肩摔，沒辦法、我只好趕快轉移話題：

「不過我倒是又遇到張以文了耶！」

『張以文是誰？』

「就是那個堅持自己不是明星而且人很Nice的新人哪。」

『就是那個搭捷運忘記帶錢還不好意思承認的帥哥？』

嘖！

「妳幹嘛就光記得別人的糗事呀？」

『我就是光記得別人的糗事呀。』

「哦。」

『所以呢？你們有什麼進展嗎？』

「我們應該有什麼進展嗎？」

『當然應該有呀！例如說他認為這是宿命的安排，於是再一次的和妳約好了下次見面的時間，這類浪漫的約定呀！』

「真正的浪漫是不存在於現實生活裡的。」

我說，然後小瑱用一種很不可思議的表情對著我嘖嘖稱奇了起來。

「怎麼了？」

『不得了！』

「什麼不得了？」

『妳居然會說出這麼有深度的話來！原來妳的腦袋也不是完全沒在用嘛！』

嘖！這娘兒們！

雖然沒有辦法判斷該不該說，不過不知道為什麼，我還是決定說了：

「而且他也要離開台北了。」

『幹嘛去？』

「拍戲呀！」

『對哦！他是演員哦！』

「而且他才二十一歲耶！」

『哎！』

不知道從什麼時候開始，小瑱好像不哀聲嘆氣就不能繼續和我說話似的；奇怪吶！

我這個人真的有那麼帶賽嗎？

「嘆氣會衰三年耶！」

『我知道啦！可是一想到同樣是二十一歲，人家就已經是辛辛苦苦在拍戲的明星了，而我家的小弟卻成天只曉得玩，也不回去唸完大學，真的是、令人火大得要命。』

「真的是很令人傷腦筋的小弟耶！」

話才這麼說完，結果小瑱的兇狠眼神又青了過來；我忍不住的快快倒退三步，免得一個不小心又被她給過肩摔。

『算妳躲得快！』掰了掰手指頭，小瑱繼續目露兇光的說：『誰允許妳講我小弟的壞話了？』

「吭？」

『只有我和我爸才可以說他傷腦筋。』

「哦。」

『而且還不能當他面講咧！』

真是看不出來原來這家人那麼寵小孩呀！真所謂的種什麼因得什麼果欸！

『不過還是很幸運的感覺耶！』

「妳小弟？」

『妳啦！』

「我？」

『能夠認識明星呀！』

「對呀！還是人很Nice的明星。」

『他還是沒跟妳要電話呀？』

「什麼？」

『他沒有喜歡妳的意思嗎？』

我臉紅，然後急急忙忙的又強調了一次：

「怎麼可能，人家是明星耶！」

生活圈裡一整缸子美女的那種明星耶！

『這倒是。』

哎～～

不知道為什麼，我不是很想讓小瑱知道其實張以文跟我要了電話而且我還很愉快的把電話給了他這件事；大概是知道他八成也不會打給我吧！所以說了也是白說，只是讓往後小瑱問起時我平添感傷這樣而已。

可能張以文只是基於禮貌於是客套的問問，然後隨手就不知道塞到哪裡去了也不一定。

可能跟著他的褲子一起丟進洗衣機裡去了吧！或者一走出那咖啡館就隨手丟到最近的垃圾桶裡去了吧！

畢竟是個明星呀！

遙不可及的人物……

第七章

本來我以為自己是在做夢，因為沒道理一覺睡醒身邊多出個羅志祥，而且他看起來還睡得很沉，而且我們就睡在同一張床上！而且這還是老娘我生平第一次被個男人抱著睡！

「喂。」

我先是用食指推了推羅志祥的臉，但是結果他不肯醒，於是我只好用力的搖晃他的腦袋想問他這到底是怎麼個回事？而這次他不但是醒了而且還很不爽；也於是我這才發覺這傢伙並不是羅志祥本尊而是個和羅志祥有張明星臉的臭臉鬼，因為沒道理羅志祥會像他這麼兇。

『現在是幾點！』

「呃……差兩分就八點。」

『那妳這麼早叫我起床幹嘛！』

嚇！兇的咧！吼得我整個人都醒了。

沒辦法，我只好躡手躡腳的下床（因為深怕一個碰出聲音來擾醒這傢伙，會造成我不是用走得出房間卻是被他老子給丟出去房間），走到客廳時卻發現沒有半個人在那，所以只好硬著頭皮去敲小瑱的房門：

「小瑱。」

『現在是幾點？』

「差不多八點。」

『今天星期幾？』

「星期六。」

『那妳吵個屁！』

嚇！我今天是犯太歲嗎？居然在兩分鐘不到的時間之內就被兩個人兇。

沒辦法，我只好一鼻子灰的跑去刷牙洗臉，接著到廚房喝牛奶並且試圖看報紙求清醒，但是不曉得是報紙太無聊還是鮮奶被摻了安眠藥，因為接著不到十分鐘的時間裡，我居然又開始睏透。

「小瑱，我可以跟妳睡嗎？」

『回自己房間睡啦！』

「可是——」

『滾！』

嚇！

我快快關上小瑱的房門以免被她丟過來的鬧鐘給砸中我腦袋。

哎～～

想到客廳睡沙發可是今天又太冷，深怕睡到被冷中風，想跑去浴缸放滿熱水然後睡在水裡面，可是又深怕睡到給溺斃；沒辦法，我只好躡手躡腳的摸回那房間，蓋著外套就這麼可憐巴巴的在桌上睡過去。

等到我再度醒過來是因為後腦袋給丟過來的枕頭砸中，而且還老大不客氣的連三砸。

『我肚子餓了啦！』

「啊？」

『兩點了耶！大姐！』

「哦。」

等我慢慢醒過來之後，這沒來得及回神想起房間裡還有另一個來路不明男人在的這事實，於是當我轉過頭時，我們兩個人同時都給嚇到差點臉歪掉。

『妳是誰！』

「我才想問你是誰咧。」

『妳在我房間幹嘛！』

「哦哦哦……原來你就是小瑱的弟弟哦。」

『我還以為妳是我姐咧！』

「我不是呀。」

『我現在知道了呀。』

「哦。」

『嗯。』

接著我們沉重而又尷尬的對望了一分鐘這麼久之後，我決定打破沉默問他一個非常非常重要的問題：

「我們昨天……呃、那個……你知道。」

『我知道啥！』

「沒那個吧？」

『哪個？』

明知故問想把老娘給急死嗎這混帳！

「孤男寡女同睡張床！沒出事吧我的意思是。」

『妳白痴哦！我不是說了以為妳是我姐嗎？』

「意思是？」

『意思是妳是白痴還智障還都是？有人會對自己的姐姐動手腳的嗎？噁心！』

這倒是。

『吵什麼呀！老娘還很睏耶！』

這時候小瑱頂著一張結屎臉推開門進來，而且有夠不思議的是，當她定眼一看見自己的弟弟就活生生站在眼前時，結屎臉好迅速的變成超溫柔的娃娃聲：

『你回來了！』

『不然我怎麼會在這裡。』

『肚子餓不餓？』

『餓到差不多快啃桌子了。』

『那我下水餃給你吃好不好？』

『什麼都好，越快越好。』

『ＯＫＯＫ。』

我死嚇

小瑱這惡婆娘居然也有女性化的一面！！

這就是所謂的一物剋一物嗎？嘖嘖嘖。

『還有事嗎？』

回過神來，這一物正好很不爽的臭著臉問我。

「什麼什麼事？」

『不然妳呆呆的看著我做什麼？』

「哦！我在想你們姐弟倆怎麼長得一點都不像。」

『那妳還想繼續看嗎？』

「啊？」

『我要換衣服了，如果妳有興趣的話，我個人倒是不介意的。』

「哦！對不起。」

於是我紅著臉以逃難的姿態衝出這個房間，當我往外衝時，這傢伙還很惡劣的從我身後來了這麼一句：

『奇怪，我姐怎麼會有這麼呆的朋友呀？』

氣

死
我

於是這會我們三個人就沉默的坐在餐桌上吃小瑱的愛心水餃。

正確一點的說法是，我沉默的吃著生平第一次小瑱親手下的水餃，而小瑱則是熱切的關心她的小弟，至於那傢伙則是有一搭沒一搭的答話，態度真是有夠差。

『你要回來住了嗎？』

『還沒決定。』

『要不要回去大學上課？』

『明年再說。』

『你在外面有地方住嗎？』

『朋友家呀。』

『那不是太麻煩別人了嗎？』

『她不是也這樣。』

我一楞，不知道該怎麼反應，還好我本來就不是淚腺發達的女生，否則可能會當場落淚也不一定。

『小澈！』

『我不是那個意思哦。』

「沒關係。」

『妳先跟我一起睡嘛！』

『幹嘛說得好像我要回家一樣？』

『小澈！』

「我吃飽了。」

雖然那傢伙說他還沒打算用這個房間，但我還是決定要把東西先搬進小瑱房裡，然後儘快另找公寓，或者乾脆就回家算了。

老天爺！沒想到這傢伙居然會讓我鐵了心決定灰頭土臉的回家。

『妳在收拾哦？』

我回頭看，原來是那臭小子，本來我還以為會是小瑱進來安慰我咧！

『她男朋友來找她，所以……』

「哦。」

『我要說對不起嗎？』

「幹嘛？」

我沒好氣的問。

『因為妳好像差點哭出來的樣子。』

『我才不哭的咧。』

於是我們又沉默了三分鐘，然後這個罪魁禍首蹲在我旁邊、還擋住我大半的光線，他說：

『妳也不用搬呀！』

「反正這本來就是你的房間。」

『看起來妳是真的很介意哦？』

「並沒有。」

『妳很彆扭耶！』

「沒有好不好！」

很奇怪，這居然是我生平第一次吼別人！今天我的犯太歲指數大概是破表了吧！居然在同一天之內發生了這麼多所謂的生平第一次。

而且更奇怪的是，這傢伙居然笑了。

原來平時喜歡兇人的傢伙，一旦被人兇反而會覺得很好玩，真搞不懂這些個性很差的人心裡的想法。

『我請妳看電影賠罪吧！』

「不用。」

『反正我也找不到人陪呀！』

「沒空。」

『管妳的，給妳五分鐘換衣服，時間一到我就開門進來囉。」

「啊？」

然後這傢伙居然就真的把門帶上，所以我二話不說立刻以最快的速度著裝完畢，最後就莫名其妙的忘記本來不答應和他看電影的這件事情。

仔細想來，我這個人真是亂好控制的欸！

哎～～

》第八章《

我們看了什麼電影？我們什麼電影都看。

根據這傢伙的說法是他被關太久，所以要一口氣看他個過癮，而我的想法是反正也很久沒有錢看電影了，所以閒閒沒事陪他一口氣看完也無所謂；以至於當我們看完午夜場之後，才終於能夠心甘情願的走出電影院。

『好餓哦！吃什麼好？』

「咦？」

『妳反應這麼慢是怎麼樣？』

「我天生反應慢呀！」

雖然我不是在說笑話，但這傢伙居然笑著揉我的頭髮，簡直和小瑱是同爹娘生的沒錯：一個喜歡巴人頭、一個喜歡揉人頭。

『妳頭髮好香好好摸哦！用哪一牌的洗髮精？』

「用你家浴室裡的洗髮精。」

『哈！跟妳說話真有趣，有時候笨笨的有時候又反應快。』

「第一次聽說。」

『去我爸餐廳吃宵夜好了。』

「呃……慘了！」

『幹嘛？』

「我答應好今天去那裡打工的！完了！居然忘記了！」

『那妳真的慘了妳！妳會被我爸海扁一頓最後還倒吊陽台一整夜。』

「真的嗎？」

『當然嘛真的！我姐沒告訴妳我爸是從良的黑道大哥嗎？』

「怎麼辦？」

『開玩笑的啦！妳怎麼這麼容易被騙呀！』

嘖！這傢伙！

所以我們就去了那裡吃宵夜，於是我才發現到我在這家人的份量，那就是完全性的沒有份量。

當我的老闆也就是這傢伙的老爸一見到我們來白吃白喝的時候，他完全把我今天應該到這裡打工的事情拋諸九霄雲外，而且他好像還忘記自己昨天才痛罵兒子不懂事的樣子；當他看到自己的寶貝兒子出現的時候，是以一副非常高興的表情，甚至還就坐下來喝啤酒陪我們吃宵夜。

和小瑱對待這傢伙的態度簡直一模一樣。

『所以你會回家吧？』

『應該吧。』

啊？怎麼會！這傢伙白天不是還說要再看看嗎？

哎～也罷，反正那房間本來就是他的，我能說什麼。

『那要回去把大學唸完嗎？』

『反正也來不及了，明年再說吧。』

『乾脆來這裡幫忙吧，爸爸也比較能看到你呀。』

『不要。』

『你不想讓爸爸多看看你呀？』

『不是呀！問題是你能想像兒子裝出笑臉迎人的樣子嗎？』

『那你打算做什麼？整天玩也不好吧？』

『我已經找到工作了。』

『什麼工作？』

『模特兒。』

「模特兒？」

我大概是反應過度了，因為這對父子倆同時以一副非常不諒解的表情青我。

『妳是有意見哦？』

「沒有呀。」

『對了，妳今天不是說要來打工嗎？』

『她被我找去看電影，所以忘了。』

果真是完全沒份量呀我，因為才一句話的時間不到，這傢老爸的注意力又馬上轉移到他的寶貝兒子身上去：

『哦，對了，那模特兒的工作保險嗎？不會是被騙了吧？』

『什麼意思被騙？』

『例如說被找去當A片男主角或者陪那些有錢太太伴遊當個小狼犬這一類的。』

『不會啦！我有朋友在那裡當攝影師，如果有這種事情發生的話，第一個倒楣的就是他。』

『不准有露點的照片哦。』

『好啦！』

真是會把這小孩給寵壞耶！如果我有膽量的話，我一定會這麼仗義直言的，問題是我並沒有。

『倒是妳。』

「我什麼？」

『要不要也來試試？』

「試什麼？」

『模特兒呀！』

「不用了，謝謝。」

『沒問題的，又不用大腦工作，最適合妳了。』

娘的咧！簡直是把人給瞧扁了。

於是吃飽喝足之後，他老爸只簡單的交代要我明天別忘了來上班，其他的就沒多說什麼了。

「你爸爸不跟我們一起回家呀？」

『他可能會去陪女朋友吧！今天好像是那女人的生日。』

「吭？」

『幹嘛那種表情呀？』

「因為……就是……」

『這也沒什麼好奇怪的呀！反正我媽媽都過世很多年了。』

「哦。」

當我們回家之後，才發現到一個很嚴重的問題，那就是小瑱八成也記得今天是爸爸女朋友的生日，所以她就找男朋友回家陪她過夜，因為她的房門被反鎖著，而裡頭一點聲音也沒有，想必是兩個人都睡死了吧。

「怎麼辦？」

我面無血色的對著剛走出浴室的小澈說。

『妳睡我房間好了。』

「那你咧？」

『就睡沙發呀！』

「那怎麼好意思？最近寒流來超低溫的耶。」

『不好意思的話就妳睡沙發好了。』

「……」

接著這傢伙又樂得哈哈大笑，而且還很沒大沒小的拍了拍我的嘴巴：

『這樣就嘟嘴巴呀！真好騙耶！』

「喂！」

沒禮貌。

「還是……你睡你爸爸的房間？」

『不行。』

「為什麼？」

『就是不要呀！妳囉嗦什麼？』

「哦。」

於是當我也洗完澡，才想走到客廳去向小澈說謝謝並且道聲晚安的時候，才發現這傢伙已經躺平睡死了。

真是容易隨遇而安的傢伙，難怪就算發現床上無故多出一個女人也能照睡不誤。

真是的。

》第九章《

如果說小瑱是我的幸運星的話，那麼小澈應該就是我的超級幸運星了！因為在認識他的第二天，當我還蜷在他老大大方讓出來的軟軟床上呈現昏睡狀態時，我就接到了那家公司打來電話通知我被錄取了的好消息，並且還好有效率的要我當天下午就去一趟公司拿資料。

想來也真是夠不可思議的，居然從今天開始，我不但就告別了長達一年的米蟲生涯，而且還順便變成編劇了。

再見了，衰運！

走出房間我發現這兩姐弟正安安穩穩的坐在餐桌旁喝茶看報而且腳還有夠沒規矩的擱在桌子上，至於小瑱的男傭……呃、男朋友則是可憐巴巴的在廚房裡給他們做早餐。

『一大早的誰給妳打電話？討債公司嗎？』

小瑱問。

『想必是喜憨兒協會的入會通知而且還是ＶＩＰ。』

小澈答。

然後這兩姐弟就不知道在得意什麼的哈哈哈抱著肚子笑成一團而且還好默契的give me five。

無聊。

「是那家公司啦。」

『妳被錄取囉?』

「是滴。」

『什麼工作居然錄取妳?掃地阿婆?』

去死啦!

「編劇。」

『腦殘為什麼也能編劇?那家公司也有在做公益事業嗎?還是說錢賺太多想節稅?』

『哈~~哈』

接著這兩姐弟又好開心的抱著肚子哈哈笑成一團,真的是無聊幼稚加難搞。

呿~~

『不過妳的神經真的很大條耶。』

「一大早的我是又哪裡惹到你了?」

『就是一大早,有人進去房間妳都沒發現哦?』

「你跑進來看我睡覺哦？」

『沒，我跑進去對著妳的臉放屁。』

「幼稚。」

『哈～我跑進去換衣服啦。』

「哦。」

『當著妳的面脫光光哦。』

臉

紅

中

「喂！萬一我突然醒過來剛好全看到怎麼辦！」

『那就恭喜妳賺到啦。』

自戀鬼。

『妳要敢看我弟的裸體小心我抽妳舌頭斷妳腳筋還放火燒光妳頭髮！』

戀弟狂。

還好當我無力招架這難搞兩姐弟的攻勢時，小瑱的男朋友正好端著整大盤剛煎好的正香噴噴的法式吐司出現解救了我，為此我很是感激的向他點頭致意，雖然他是不會明白我這是在感激他什麼的。

『妳就是小瑱上次搬家的那個朋友呀？』

「是呀，上次真的太感激你的出手相助了。」

『別客氣別客氣，』他那張老實又古意的臉突然的換上一副正準備說別人壞話的壞心眼嘴臉，而真的，他也立刻就這麼說了：『所以妳就是小瑱說的那個在交往兩週年紀念日被甩的女生？』

僵。

『有這種事？』

僵僵。

『就是有呀，而且他們居然交往了兩年還沒睡過，簡直是在演瓊瑤嘛！』

僵僵僵。

『連瓊瑤的戲都沒那麼含蓄吧？』

僵僵僵僵。

「我吃飽了。」

再一次的，我又從餐桌上被氣跑。

我想這種毫無尊嚴可言的日子大概得持續到老娘領到第一份薪水然後火速搬出去為止吧！對！就這麼辦！

但因為我壓根還沒領到薪水、而且還是從來沒有領過薪水，所以我只是躲回房間整理行李準備搬到對面的小瑱房間去，這樣子而已。

『他們出門了。』

有個聲音在我身後響起，這人正是那個混帳小澈。

「知道了。」

『妳真的很彆扭耶。』

「要你管。」

真所謂兇人者恆愛被兇之。我發現每次當我兇這混帳時，他就整個人特別樂，也於是他此時就樂得蹭到了身旁來，然後開口繼續羞辱我、以求我繼續兇他：

『嘿！在交往紀念日被甩是什麼感覺呀？』

「愉快得不得了呀，簡直想當街跳起天鵝湖了呢。」

『真的假的？』

「當然嘛假的，你腦殘哦！」

我吼他，然後沒意外的是這難搞的嘴巴不好的個性很差的狠角色又再度開開心心的笑了起來，而且還是帶著害羞的那種羞澀開心笑。

病了嗎他？

『我上次抱女人睡覺大概是當兵前了吧。』

突然的，他沒頭沒腦的來上這麼一句。

「跟我說這幹嘛？」

『我前天晚上就抱著妳睡呀，怎麼？妳不會是又呆到沒發現吧？』

我就是又呆到沒發現！

「你不是說以為我是小瑱嗎？那你怎麼——」

『對呀，所以我才抱著妳睡呀，軟軟的還滿好抱的嘛妳。』

呆。

『感覺好像回到小時候。』

呆呆。

『小時候我不抱著我姐就不肯乖乖睡。』

呆呆呆。

啊啊啊～～我簡直是惱得要扯頭髮尖叫啦！這整件事情未免也太惱人了吧！原來我還漏掉了這麼重大的人生中生平第一次！

可惱呀可惱！

『下午要不要我載妳去公司？』

「不用了，謝謝。」

『可是我姐說妳已經口袋空空了，恐怕連捷運都搭不起的那種口袋空空。』

「與其被你載，我寧可自己走路去。」

『可是妳走著走著會不會飛起來？』

「啊？」

『因為口袋空空又腦袋空空，所以走著走著就飄走啦。』

「你很冷耶。」

『哈～～妳怎麼連在生氣的表情都還是那麼呆呀？』沒禮貌的揉了揉我的頭，他老兄起身，說：『給妳五分鐘的時間換衣服。』

「咦？又幹嘛？」

『先出去逛逛呀，不然待在家裡幹嘛？』

「誰要跟你出——」

『妳剩下四分三十六秒。』

「我——」

然後當小澈把門帶上的那一瞬間，我簡直活像是被按了遙控似的，二話不說立刻以最快的速度換衣服。

哎～～有沒有什麼藥可以讓我吃了就改掉這種超容易被控制的個性呢？

第十章

在一陣到處亂晃兼讓他老大請客吃飯之後，小澈載著我在約定的時間來到這公司，當我們從停車場走到樓下大門口的時候，一旁的那些追星族不曉得是等太久了所以眼花了還是怎麼著？居然遠遠的看到小澈就二話不說扯開喉嚨賣力尖叫著羅志祥。

『妳們有病哦！』

大概是被嚇到了吧！所以小澈不但沒有被誤認為羅志祥的開心、反而還是臉臭到不行的吼回去；單憑這一點，我認為他無論如何都不會是當明星的料。

走出電梯之後意外的、我又遇見那個嘴角叨著菸的台客兄，也於是我忍不住要懷疑這傢伙的工作是不是就全天性的在電梯口晃呀晃？

『來試鏡？』

「不，我現在是編劇了。」

『我知道，但我指的是這位帥哥。』

別被他的外表騙了呀、這位仁兄……

『我？』

『嗯，型優個高眼神又夠殺不當明星是浪費！喏、下部戲的男主角有沒有興趣？』

『沒興趣。』

雖然不關我的事，但——

「欸欸欸，為什麼你問我試鏡路人甲卻問他試鏡男主角？這整件事都太不公平了吧？好歹客套上你也該問我——」

『妳很吵耶！快點進去速戰速決啦！』

吼！居然推我！這個沒大沒小沒禮貌鬼！

於是我單獨走進那間辦公室，遇見上次那一個狠角色型模樣的女強人，她這次伸出手和我握手，然後以非常快的說話速度和我溝通關於這項工作的細節，同時交給我一大堆資料，然後告訴我下次該來這裡開會的時間，最後以很高興妳加入我們作為結尾，我就趕緊離開這個老令我感覺緊張的地方了。

走出辦公室之後，我原以為還能再遇見張以文的，但是看來我的好運是用完了，因為我不僅沒撞見張以文，就連他的電話也沒接過一次；是不是我當時有個數字沒寫清楚呢？我不禁要努力回想著。

哎～～

其實我想我大概知道原因，只是因為他太忙而已。

畢竟張以文是偶像明星了，雖然他一直不肯接受這個加諸於他身上的頭銜，但他到底是個越來越多人認識的明星了。

我沒撞見張以文倒是撞見小澈，因為他們的高度相同，於是我同樣撞進他的懷裡，而小澈沒有張以文的好個性，所以他不是很擔心的問我頭痛不痛卻是非常不開心的教訓我：

『找誰呀！冒冒失失的。』

「沒呀！」

『頭很痛？』

「嗯。」

於是小澈左手按住我的後腦勺，而右手很用力的替我揉額頭。

「好像更痛了耶！」

『早講呀！』

「哦。」

『很餓耶！這附近有什麼好吃的？』

「不是吧？你怎麼這麼容易餓呀？」

『不然我爸怎麼會開餐廳？』
「這兩件事情有關係嗎？」
『沒有呀！』
「咕～～」

於是我帶小澈到同一家咖啡廳，當我們走出大樓門口的時候，那些追星族只是很用力的想要確認小澈究竟是不是羅志祥但卻不敢再開口；為此我在心底替她們高興總算是有點危機意識。

我們還是坐在相同的桌子，而我還是不放棄尋找張以文的念頭。
『妳到底是在找誰呀？』
「沒有呀。」
『明明就有。』
「哎～～說了你也不認識。」
『不說就算了。』
真是搞不懂這麼沒耐性的男人怎麼會有女朋友？
「嘿！你早上說兩年前抱著睡覺的那個女生是你的女朋友嗎？」
『關妳什麼事！』

「哦。」

『對啦！』

「幹嘛不想講又講？」

『妳真的很彆扭耶！問了又不想聽是怎樣？』

很莫名其妙，這一次換成我笑了，看見我笑了，所以小澈也跟著笑了，看見他笑了，於是我才敢繼續問道：

「因為你當兵所以分手？」

『也可以這麼說。』

「那正確一點的說法是？」

『因為我要當兵，所以向她要求分手。』

「為什麼要這麼做？」

『這叫快刀斬亂麻。』

「咦？」

『我不想她浪費等我兩年。』

「明明就是怕被兵變還逞強嘴硬，呿～～」

『妳愛怎麼想隨便妳。』

「你真的很愛生氣耶！」

『我是呀！』

「為什麼不唸完大學再當兵？」

『妳很煩耶！快吃啦！』

「你有事？」

『嗯，晚上要進攝影棚拍照啦。』

「早說嘛。」

『快點。』

「好啦好啦。」

獨自回到家之後，我躺在小澈的床上閱讀今天他基於同情心所以贊助買給我的那些劇本書，然後我繼續看著那女強人交給我的長篇漫畫，試著想把這故事套入那些劇本書裡；最後我得到一個結論，那就是小澈說的真對，我的確是不適合這種需要動腦筋的工作。

哎！

於是我嘴裡咬著鉛筆望著天花板，思考我的人生怎麼會過得這麼沒有尊嚴的時候，我的手機響起。

「喂？」

『我是張以文。」

「吭？」

我倒抽了一口氣，差點沒把嘴裡的鉛筆吞進肚子裡。

『怎麼了嗎？』

「沒、沒啦！我只是嚇一跳而已。」

『為什麼呀？』

「因為沒想到你真的會打給我呀！」

『我一直就想打呀！可是實在太忙了。』

「還在拍戲呀？」

『嗯，我趁拍的空檔打的。』

「很累哦？」

『對呀！我差不多已經三天沒睡覺了。』

「那你補個眠比較好吧？」

『我只是想告訴妳戲明天就開始播了。』

「真——的！」

我想我真的是興奮過了頭，因為我聽見張以文把手機拿開的聲音，然後我聽見他的笑聲。

「那我也要告訴你一個好消息，我現在是你們公司的編劇了。」

張以文沒有說話，透過手機，我聽見背後有人催促他上戲的聲音。

『換到我的鏡頭了，再打電話給妳？』

「好呀！」

「Bye。」

當我放下手機的那一刻，我興奮的在床上又跳又叫，我直覺以為開門進來問我發生了什麼好事的人是小瑱。

「他說要再打電話給我耶！」

『誰呀？』

我一回過神，不是小瑱卻是小澈，而且還一臉的疲憊。

「怎麼是你？」

『妳以為這是誰的房間呀？』

「哦。」

小澈筆直的趴在床上，他把臉埋在枕頭裡，於是我只好退讓的坐在床的邊緣。

『既然是失戀的女人，就要有失戀的樣子好不好？』

「我早就走出失戀了。」

『下一個倒楣的是誰？』

「不告訴你。」

『正好，反正我也不想聽。』

於是小澈就翻過身背對著我。

「其實你很想知道對不對？」

『是妳自己想說吧！』

「呵呵！居然被你聽出來了，討厭！好吧！那我就告訴你好了，是張以文哦！」

『很好，祝妳幸福。』

「你知道張以文是誰嗎？」

『嗯。』

「是偶像明星耶！張以文說還要打電話給我耶！好討厭哦！我本來以為那只是他的客套話而已耶！呵呵呵！你想他是不是喜歡我？怎麼辦！說呀！喂！」

『……』

居然裝睡！於是我拍了拍他的臉頰，見他不動，我又加重了力道，甚至開始搖晃著他的肩膀。

「你聽我說嘛！我很想說耶！」

終於小澈被我吵得轉過頭來，只是他一言不發的怒視著我，眼底只有三個字——別惹我。

「好吧！好吧！」

反正我可以去找小瑱分享。

「小瑱，我——」

我迅速的關上她的房門以免被枕頭砸中，原來時機不對，因為小瑱正和她的男朋友電話熱線中。

哎～～

我真的很想找人分享我的喜悅耶！隨便來個誰都好呀！

不過所謂的隨便來個誰的那個誰，指的是除了這家老爸除外的隨便來個誰。

當我走到客廳遇見正好回家的他老爸時，我的心中只有不妙這兩個字，因為我今天又忘記去打工了。

「對、對不起……我又忘了耶！」

『對哦！妳今天要來打工哦！』

「可是……」

『算了，妳什麼時候要來再叫小瑱跟我說吧！那個……小澈回來了嗎？』

「欸，不過他睡了。」

『哦，那就不要吵他了，這個……』

「嗯？」

『因為我不常在家，小瑱又不喜歡煮東西，所以我想拜託妳。』

「什麼？」

『幫我多照顧這兩個小孩好不好？』

「好呀！」

『那我走了。』

看著這老爸離開的身影，我突然莫名其妙的被感動了。

於是我只好再回到那個房間，坐在書桌前我瞪著睡在床上真是好狗命的小澈，大概過了三分鐘那麼久，我突然異想天開張以文就是這齣戲的男主角，然後，我開始文思泉湧，就低頭猛寫了。

》第十一章《

醒來的時候我發現自己整個人呈現甜甜圈形狀蜷在軟軟床上面，然而很詭異的是，昨晚我對於自己的最後記憶明明就是坐在書桌前寫劇本呀？這中間……嚇！我倏地立正坐好然後飛快地掀開棉被自我檢查——

『我對A罩杯沒興趣啦。』

「嚇！你還在！」

而且他老大就坐在書桌上看我剛一個人在那邊演內心戲，並且還未經我同意就大剌剌的看著老娘我昨晚忙了一整晚的劇本。

「我怎麼會在這裡？我難道不是應該在那裡的嗎？」指了指書桌，然後我突然又想到一個更重要的問題：「還有，誰是A罩杯呀？我明明就是差不多B。」

『哦？』

娘的咧！他居然瞄了瞄我胸前而且還給我掩嘴偷笑，混帳！

『我抱妳上床睡的啦，妳難道不知趴在書桌前睡上一整夜是會暴斃的嗎？』

「呃……真的假的？」

『當然嘛我亂講的，妳腦殘哦！』

過分。

「可以問你一個很重要的問題嗎？」

『我不跟A罩杯交往。』

「啊？」

『妳難道不是想問我可不可以跟妳交往？』

「你病了你。還有、我是差不多B而不是A，這點很重要，雖然不關你的事但還是希望你別搞錯。」

『隨便啦，妳要問啥啦？』

「哦……」清了清喉嚨，我好慎重的問道：「你從以前就習慣這樣子一屁股坐在桌子上嗎？」

『嗯呀，然後椅子拿來放腳用，安怎？』

意思是老娘昨晚趴在有他多年屁股印的桌子上睡了一整夜？可惡！難怪我老覺得有屁味。

『這就是所謂的劇本哦？』

把電腦螢幕轉向我，他很質疑的問。

「是呀。」

『真的有人會想看這種蠢東西嗎？妳在腦殘協會的同窗？』

混帳。

「走著瞧好了，今天晚上就要首播了。」

『哦。』

「你會看嗎？」

『不會呀，我又沒腦殘。』

「……」

『又嘟嘴巴……好啦好啦！勉強看他個十分鐘啦。』

「打勾勾？」

『妳白痴哦！』

小澈笑著拿漫畫丟我，嘖！這習慣真不是我在說的差耶。

「快點啦！打勾勾打勾勾。」

『我才不要跟妳一樣要幼稚咧！丟臉。』

我嘟嘴。

『好啦好啦。』

哈！笑死我，原來他吃不消這招。

打勾勾。

『對了，張以文是誰呀？』

「你昨天不是說你——」

唔……有人傳簡訊！於是我拿起手機一看，原來正是我心愛的張以文——

沒有時間　但是好想跟妳說話

一把搶過我的手機當我的面偷看，然後小澈問：

『就這傢伙哦？肉麻。』

「嘿！你怎麼可以偷看呀！」

『就算我不先看，妳也會自己在那邊得意完然後就拿給我看吧！』

好說！

『到底是誰呀？』

「所以跟你說晚上看電視就知道了呀！」

『演員哦？』

「是偶像明星。」

『講得跟真的一樣。』

「本來就真的。」

『妳新男友是個明星？』

「還不是男朋友啦。」講得我都臉紅了。

「嘿！你戀愛經驗比較豐富吧！」

『有話請直說。』

「只是有個問題想請教你而已。」

『你們這樣算不算交往？』

我倒抽了一口氣！沒想到這傢伙連這種事也算得準！

『妳自己也不確定哦？』

「就是呀！總覺得十分的不安耶！因為我好像越來越愛他了！你摸我的臉，燙燙的對不對？

那只是因為接到他的簡訊所以想到他而已就臉紅了耶！」

『是因為昨天妳睡書桌著涼而已吧？』

「你真的很討厭耶！」

『好啦好啦！這樣看來多少應該對妳有好感吧。』

「怎麼辦？我會不會阻礙了他的演藝事業？」

『想太多，我只是在說客套話而已，妳還當真哦？』

「你真的很過分耶！我就是當真了呀！」
『他有很明確的開口說喜歡妳嗎？』
「是沒有。」
『那妳就先不用擔心這些了吧。』
「怎麼姐弟倆一個樣呀，講話都這麼直接又傷人。」

心不在焉的笑了笑，然後小澈揉了揉我的頭，突然的起身，說：
『乖哦！』
「你幹嘛？」
『出去呀！』
「出去幹嘛？」
『跟朋友約好了呀！』
「哦。」
『Bye。』
「就這樣？」
『不然要吻別哦？我可不想跟個A罩杯吻別。』
「是差不多B啦！混帳！」

『哈！真好逗。』

「晚上要記得回來哦！」

『好啦！』

所以當晚我準時就定位和小瑱窩在沙發上觀賞這齣期待已久的偶像劇，雖然張以文本人已經帥得不得了了，但沒想到鏡頭上的他居然還要更帥！差不多是帥到讓所有女人都想要哭的那種程度吧！

就好比我眼前的這位小瑱小姐，她忍不住的喜極而泣，指著天花板嚷嚷著台灣終於也有可以拿出來比美日本韓國的本土偶像了！而那個人就是我的張以文。

她簡直是比我還要興奮，這娘兒們甚至連男朋友打來的電話都不接了。

但問題是為什麼我會沒有她興奮呢？答案很簡單，因為有人失約了。

好不容易寶貴的一個鐘頭過去，當片尾曲剛結束的時候，小瑱就迫不及待想要發表她的感想，她哇啦哇啦的說了一堆，而我只有一個疑問：

「小澈怎麼還沒回來呀？」

『他沒這麼早回來的吧！』

「哦。」

『幹嘛？』

「沒呀。」

『那就去洗點葡萄來吃吃吧！』

「好呀。」

於是我洗好葡萄還泡好奶茶，我們就一邊吃著一邊聊張以文，還有我真是幸運借了他五十塊的這件事情，然後小瑱說她決定沒事也要去捷運晃晃，一直到最後我洗完碗而小瑱也沐浴完畢之後，我們各自回房。

雖然我走得理所當然，但小瑱卻看得不太對勁：

『那是小澈的房間耶！』

「我知道呀！」

『妳難道不是應該要跟我睡了嗎？』

「嗯，但是我的劇本存在他的電腦裡。」

『哦，那妳進來的時候不要吵到我哦。』

「好呀。」

回到小澈的房間之後，我嘴裡咬著鉛筆學小澈一屁股坐在書桌上，開始再度想像張以文就是我劇本裡的男主角，但是不知道為什麼，這次我居然沒有靈感；所以我突然很想要洗浴室，於是我洗完澡之後便拚命的把這浴室刷得亮晶晶，沒想到突然有個該死的傢伙闖了進來。

『嚇人哦妳！大半夜的刷什麼浴室呀！』

「你才是吧！還好我洗完澡了，要不全給你看光了。」

『我再強調一遍，我對A罩杯沒興趣。』

「我再強調一遍，我是差不多B。」

『隨便啦！差不多B小姐，明明就是妳忘了鎖門吧！』

「咦？我沒鎖門呀？」

這傢伙居然對著我搖頭嘆氣，態度真的是非常的惡劣。

『好了嗎？』

「什麼好了嗎？」

『刷好了就快滾呀！老子我要洗澡了啦！』

「哦，好呀。」

所以我只好讓到他的房間裡，然後開始對於小澈真是我的超級幸運星的這件事情深信不疑，因為我看到被丟在他枕頭上的手機，有張以文傳來的訊息：

半夜兩點　剛收工　妳可能睡了　所以傳訊息向妳道晚安還有早安

『妳一個人在傻笑什麼呀！』

「嚇！你洗這麼快哦？」

『我看。』

這沒禮貌的傢伙居然就搶過我的手機！也罷！反正我本來就打算要向他炫耀的。

『打電話給他說妳還沒睡呀！』

「可是現在已經三點半了耶！」

『吼！妳真的很慢耶！洗個澡洗那麼久！』

「我還要刷浴室呀！」

『我幫妳打。』

「不要啦！」

『那算了。』

「快打。」

『做作。』

真的是很討人厭的傢伙耶！所以我就拿枕頭丟他，沒想到又被他丟了回來，而且還正中我的臉！

遲早有一天我要趁他睡覺的時候偷襲他！

『也沒什麼事啦！只是你有個影迷說很愛很愛你，又要故作矜持不敢自己打，所以我就——』

「喂！」我急得搶過手機，連忙解釋：「以文我沒有我只是——喂？」

張以文已經關機了，所以這混帳剛剛是在給我演單人相聲。

王八蛋！開玩笑也要有個限度吧！於是我惡狠狠的瞪著小澈，但他卻是抱著枕頭哈哈大笑。

「過分。」

『沒用。』把枕頭又往我臉上丟來之後，小澈又說：「把頭髮吹乾啦！等一下感冒了看妳怎麼辦！」

「咦？」

『妳頭髮濕濕的呀！吼！還滴到我枕頭！走開啦！』

於是這傢伙就這麼老大不客氣的把我給一腳踢下床，還跌得我四腳朝天苦不堪言。

沒辦法，我只好扶著臉坐到書桌上，一邊吹頭髮的時候才想到要找他秋後算帳：

「小朋友，你失約了哦！」

『誰是小朋友，還有誰失什麼約？』

「你呀！不是說好了要看張以文演戲的嗎？」

『哦，我有看呀！在朋友家看的。』

「你至少也應該打個電話告訴我吧！」

『有差嗎？反正我都看了。』

「過分。」

小澈突然轉過身面對著我，而且又朝我的臉丟了一顆枕頭，然後說晚安。

「咦？你要睡囉？」

『對呀！妳不知道男人賺錢很辛苦嗎？趕快滾回我姐的房間去吧！』

「可是我突然文思泉湧耶！」

『隨便妳啦！敢吵我妳就自己看著辦。』

「好啦。」

然後他就轉身睡了，趕緊我趁這大好機會把枕頭丟向小澈的頭，但他沒反應，居然這樣就睡著了。

真是的。

≫第十二章≪

我的文思泉湧一直持續到老娘累到頭昏眼花為止，於是我伸了個懶腰存了個檔關了個電腦之後，下意識的就想要趴下去直接睡，然而念頭一轉又想到這可不是小澈那混帳拿來放屁股的地方嗎？老天爺！可不想再給自己的臉來個整晚的屁療法了耶！

就這麼我直楞楞的打量著睡昏了的小澈大概有五分鐘那麼久之後，我試著安心的說服自己反正他對A罩杯也沒興趣（但我是差不多B，我強調），於是我好安心的就跑去跟他擠著睡。

當我再醒來時是因為手機響，迷迷糊糊的接起手機，可能是打從心底希望來電話的人是張以文，於是我直接就這麼的開口：

「以文？」

『文妳個頭。』

哦，是小澈，而且整個人聽起來心情好得不得了的樣子。

『已經下午四點了妳還在睡？』

「囉嗦。」

『妳腦子是不是就醬睡傻的呀?』

「你很煩吶,姐姐我昨天開工到凌晨才睡耶!你難道不知道女人賺錢是很辛苦的嗎?」

『幹嘛抄我的話講?突然有種被羞辱了的挫敗感。』

「呿~~」

『好啦好啦,問妳,妳有要煮晚餐嗎?我要回家了。』

「嚇!我還沒去買菜!」

『妳該死了妳,我姐今天準時下班。』

「完蛋了啦!」

『準備被吊陽台吧妳。』

「不跟你講了啦,我要趕快去買菜!」

然後他就好得意的笑了開來:

『哈~~騙妳的啦!別買了,我順便買麥當勞回去一起吃。』

「哦,好呀。」

刷了牙洗了臉還給自己泡了杯熱呼呼的咖啡之後,我神清氣爽的打開電腦檢視昨晚熬夜寫下的劇本,然後開始對於自己真是個稱職的編劇這件事情滿意得不得了。

哈!

當小澈手裡拎著麥當勞回來的時候，我正窩在沙發上對著登上娛樂版頭條的張以文傻笑。

『我說，人如果已經很呆的話，就儘可能的不要再傻笑比較好，因為這樣只會讓情況更加重而已。』

「看，好帥哦！」

『很蠢。』

「吼～我知道了！你在嫉妒我的以文對不對？」

『我在說妳嘴角沾到牙膏啦！真蠢！』直接的伸出手幫我把嘴角的牙膏抹掉還順便巴了一下我的頭之後，這惹人厭的小澈又說：『妳確定他是真的會喜歡妳嗎？』

「你嫉妒。」

他翻了翻白眼。

「老實說，你終於也意識到姐姐我的女性魅力了，對不對？」

『老實說，我真的對明明就是A卻偏偏要號稱差不多B的女生沒興趣。』

我死氣

『快吃啦！空腹喝咖啡小心老了得骨癌。』

不知道為什麼，當我望著小澈遞給我的麥當勞時，我突然沒道理的想起了至翰。

『放什麼空呀？』

「沒，我只是突然想起我前男友，他也很喜歡吃麥當勞，每次我們約會都在麥當勞。」

『哦。』

「他每次都吃得嘴角沾滿蕃茄醬而且奶昔還老是滴到衣服。」

『幹嘛突然說這一大堆？妳想他？』

「沒，我只是突然發現，其實我好討厭好討厭吃麥當勞，可是不知道為什麼，每次他說要吃麥當勞時我還是都會假裝開心的說好呀。」

『笨女人。』

「為什麼當我們不再愛對方的時候，以前的那些甚至覺得可愛的缺點就會變得這麼令人難以忍受呢？」

小澈並沒有回答我為什麼，他只是揉了揉我的頭，然後把麥當勞放在桌上，接著起身，說：『被妳一講我也沒胃口了，下樓去吃巷口的拉麵如何？』

「咦？」

『麥當勞就留給我姐吃吧。』

「唔……」

『唔個屁呀！快走啦！老是這樣像個小老太婆一樣的慢吞吞！』

唔……怎麼突然的我覺得好感動；當我才被小澈難得的不著痕跡但結果還是被我發現的體貼感動到時，他又恢復了平常的惹人厭模樣，來上這麼一句：

『老是動作這麼慢，難怪會被劈腿。』

「好呀，你何不再順便提起我們交往兩年卻遲遲沒有睡過的事情算了呢？」

『這有什麼好奇怪的？因為差不多B呀。』

混

帳

然而，當我們才準備要下樓去巷口吃拉麵時，小瑱此時卻一臉殺氣的打開大門出現。

「妳怎麼了？」

『跟男朋友吵架了吧！』

果真是知姐莫若弟，當小瑱坐定並且唏哩呼嚕狠灌一大口可樂之後，她氣呼呼的宣布：

『我要把他Fire掉！』

「對不起，我這話沒有惡意，但據我了解，他是妳的上司吧？」

『不管！那我把我自己Fire掉。』

「不行。」

我一聽，不由得替小澈捏一把冷汗，我可不想他們姐弟倆生平第一次槓上是發生在我眼前，這個畫面雖然會很珍貴，但我可無福消受。

『為什麼不行？』

『因為妳好不容易找到一個肯幫我們做早餐的男朋友耶！』

『可是他這次真的惹毛我了！』

『妳想想，還有幾個男人願意讓妳一個火大就過肩摔的？』

『……』

『……』

『那好吧！看在你的面子上，他晚上如果打電話來的話，我就原諒他好了。』

小瑱說，接著放下她手中的可樂，用一種好像想把我夾進漢堡裡吞掉的可怕眼神上上下下的打量我。

「我說、冤有頭債有主，幫妳男朋友說話的人可不是我哦！」

『不，我只是突然想到，妳怎麼還沒搬過來我房間呀？』

『因為她老愛抱著我睡覺。』

好呀好呀，再繼續往火裡加油沒關係，這混帳！

「喂！搞清楚是誰抱誰好不好？」

『而且睡覺還會流口水，真是髒死了。』

「喂！你打呼才吵死人咧！我都已經儘可能的憋著不講了哦！」

『比不上妳在棉被裡放屁。』

「你屁咧！我幾時、我——」

呃……原來那是我放的哦……唔，一直錯怪他了，真抱歉。

『不會出什麼亂子吧？』

「吭？」

『孤男寡女的同睡張床，要讓我逮到妳佔我弟弟的便宜，我可是不會饒過妳的。』

『安啦，我對差不多B沒興趣。』

『什麼東西差不多B？』

我用眼神殺小澈，而他總算是識相的沒再繼續往下說去。

『不過好好哦！自從長大之後，我就沒再跟小澈一起睡過了耶！』

「我覺得妳真的是一直把自己的弟弟過度美化了。」

『完全不會，因為我姐講話最實在了。』

「呵，還真的咧。」

『不然妳今天睡我房間，我跟小澈睡吧！一個人睡真的是、有夠冷的啦！』

『喂喂喂！妳們把我當成什麼呀！』

『好熱鬧哦！三個人都在家呀！』

轉頭一看，原來是一家之主回來探望小孩了；呃……更正確一點的說法是，一家之主回來探望他的寶貝兒子了。

『小澈沒事怎麼不到店裡給爸爸看呀！』

『你很偏心耶！怎麼從來就不會對女兒說這種體貼話呀！』

『那是因為妳沒事就帶妳男朋友來呀！』

慘！不知情的老爸無意間踩到了小瑱的地雷；就在小瑱眼看著又要火大時，小澈及時的陰了我這麼一把：

『倒是這女人，什麼時候才要去打工呀？免得她老窩在家裡佔用我的電腦。』

『對哦！聽說妳現在是編劇啦？』

「欸。」

『下星期一要來哦。』

「啊？」

『有人包全場呀！人手一定會不夠的。』

「可是……」

『可是什麼？』

「也沒什麼啦。」

『會來吧？』

「哦，好呀！」

這傢伙！居然陷我於不義。

『不過小澈呀！約會來爸爸的餐廳就好了呀！』

「吭？你有女朋友？」

『吭個屁呀？我長這麼帥是應該的呀！』

「該不會是和喬喬舊情復燃吧？」

喬喬？這傢伙兩年前抱的那個女生嗎？

『嗯。』

『真好，什麼時候開始的？』

『被放出來那幾天的事，沒想到她也是那裡的模特兒。』

「明明就是知道她在那裡當模特兒所以也跑去的吧？」

唔……不得了，這一家三口同時用眼神殺我。

「呵～～我開玩笑的啦。」

『……』

真兇耶、這一家子……

》第十三章《

當晚，在小澈的房間裡，我忍不住向他表達我嚴肅而又正當性十足的抗議：

「你很過分耶！我把以文的事一字不漏的都說給你聽！結果你的那個誰？」

『喬喬。』

「對，喬喬，就這名字！結果你卻連她的名字都是直到現在才肯告訴我！小氣鬼耶你！小氣鬼喝涼水啦！」

『反正說了妳也不想聽！』

「你又知道了咧！姐姐我這下就把耳朵給掏得乾乾淨淨的好洗耳恭聽哪洗耳恭聽。」

『但老子我並不想要跟妳講呀。』

「你——」

『妳很吵耶！』把我的頭往棉被裡壓去以阻止我的囉嗦攻勢，這傢伙怎麼就是硬不說他的心愛喬喬，『妳今天要睡這裡對吧？』

「幹嘛？你想跟你姐睡哦？」

『我瘋了哦！她還在氣她男朋友耶！我怎麼可能去送死。』

「不過你反應挺快的嘛！」

『啥？』

「今天你爸爸不小心踩到小瑱地雷的那個時候呀！」

『那個呀……不過拿妳當擋箭牌，不好意思哦！』

「你今天怪怪的耶！怎麼突然對我客氣起來了？跟你平常沒事打我頭拍我臉、丟我枕頭踢我下床的作風真是不搭軋耶！是不是身體不舒服？要不要姐姐我幫你馬一節？」

小澈漫不經心的笑了笑，我總覺得這傢伙今天老魂不守舍的；可能是心思全跑到他的心愛喬喬那裡去了的關係吧，我想。

『我只是想說今天妳總算不用跟我搶棉被了。』

「為什麼？有多的棉被嗎？」

『不是啦！因為我突然很想去抱我女朋友。』

「喬喬？」

『妳幹嘛一直喊她名字呀？妳是認識她了咧？裝什麼熟。』

「小氣鬼小氣鬼！連個名字也不給喊哦？」

『對啦！掰。』

「咦？你要走囉？」

『要記得洗完頭髮馬上就要吹乾啦！』

「你真的要走囉？」

『對啦！Bye。』

這傢伙走得真急耶！我甚至都還沒跟他說再見咧！

沒想到一個人待在小澈的房間裡居然會這麼無聊，因此我幾乎可以百分百的確定這傢伙就是我的繆思，因為沒有小澈睡死在他的那張床上，很奇怪的我怎麼就是寫不出東西來。

這樣算不算是寂寞？

所以我決定打電話給以文，就算只是被轉進語音信箱也好，但沒想到響了六聲之後，居然就是以文本人接聽的。

『我才想打電話給妳耶！』

真好，聽到張以文的聲音總是會讓我有種安心的感覺；就算他其實打從心底只把我當作是普通朋友也好。

「真的嗎？不過我沒想到你會接耶！好高興哦！」

『我也很想聽到妳的聲音呀！就像妳送我的口香糖，會讓我覺得精神一點耶！』

「不過你紅得好快哦！幾乎每天都有你的新聞耶！」

『哦，妳說的是和女主角的緋聞嗎？』
「呵。」
『那只是宣傳而已。』
呼～～鬆了口大氣、真的是。
「可是為什麼？她人很紅又美，只要是男人都會愛上她吧？」
『也是呀！可是我有喜歡的女生了。』

除了心碎，我還有什麼感覺！

『我……喜歡妳！』
噗通！噗通！
『還是妳已經有男朋友了？』
噗通通！噗通通！
「不、不是，我——」讓我深呼吸先，呼～呼～「實不相瞞，其實……呃、我也那個……喜歡你，而且很久了耶！」
『真的是鬆了一口氣的感覺耶！』
「怎麼說？」

『妳不覺得被喜歡的人也喜歡的話，就可以鬆了一口氣嗎？簡直整個人都因此而放鬆了。』

「呵。」

我要把這句話寫進劇本裡。

以文沒說什麼，但是我可以感覺到他在電話的那頭笑著，天曉得我真的好想親眼看到以文的笑容。

但是形勢逼人，我才想鼓起勇氣說我愛你這決定性的三個字時，聽筒的那端就傳來了催促的聲音，於是以文只好簡短的說：

『我過幾天會回台北，再打給妳？』

「好呀！」

『我真的、很想妳。』

「呵。」

『Bye。』

「掰伊～～」

萬

歲

啦

放下手機之後，我先鬆了口氣，然後再度欣喜若狂的在小澈的床上跳著直歡呼萬歲。

『妳再跳我的床小心我把妳從陽台扔出去！』

嚇！那傢伙不是說要去抱女朋友嗎？怎麼這麼快就回來啦？

「你怎麼這麼快就回來了？不是要在外面過夜嗎？」

『我臨時改變主意，決定抱她一下就回來了。』

不知道這算不算是編劇的職業病？當聽到小澈如此說時，我的腦海裡馬上浮現一個畫面：小澈跑去找那個叫作是喬喬的女生，然後說：「我可不可以抱妳一下就好？」而喬喬說：「嗯，好呀！」於是他們就互相擁抱了一下，然後小澈很乾脆的走掉了。

覺得這個畫面真是太幽默了，所以我一個人盤腿坐在床上笑得很高興。

『讓我猜，你們剛說完電話要不就是傳完簡訊？』

「你好神哦！我——」

『明天再告訴我好不好？』

「哦，好呀。」

『介意我點蠟燭嗎？』

「哦，好呀！」

我說，然後很仔細的盯住小澈的臉，忍不住在心底疑惑著：奇怪，是剛剛抱得不順利嗎？否則抱完心愛女孩的表情怎麼會是憂鬱呢？

小澈從他的書櫃裡拿出一個復古造型的燭台，然後點火，關燈，就這麼我們肩並肩的坐在床上，看著我們的身影隨著燭光歪歪斜斜的倒映在牆上。

「為什麼想點蠟燭？」

『這樣心情就可以慢慢好起來了。』

「不懂。」

『記不記得小時候只要颱風一來幾乎就會停電？』

「嗯。」

『那時候我們家都用手電筒，但是有一次沒電池了，所以我爸就點蠟燭，結果我們一整夜沒睡，講了一整夜的話。』

「怕失火？」

『嗯，所以每次點蠟燭的時候就會覺得好像回到小時候了。』

「所以心情不好的時候會想要回到小時候？」

『妳不覺得還是小時候快樂點嗎？』

「好像是哦。」

『嗯。』

「那、為什麼你現在心情不好呀？她不給你抱嗎？」

『她不在。』

「哦。」

『又不在。』

望著小澈的眼睛，我看見寂寞。

『妳可以代替她讓我抱一下嗎？』

「呿～～這未免也太沒有禮貌了吧？哪有人想要被當成是代替品的啦！」

『可是我現在真的很需要一個擁抱呀。』

「心情不好成這樣？」

『嗯，心情不好成這樣。』

「那好吧。」

擁抱。

『好啦，確實是差不多B。』

「喂！」

然後小澈就笑了，真是謝天謝地，我還是比較習慣笑著的小澈。

「欸欸，既然你不想聽以文的事，那就換你告訴我喬喬的事了。」

小澈沉默。

「幹嘛這麼不想講呀？」

『好啦好啦！但是妳要讓我躺在妳腿上。」

「今天晚上怎麼搞的這麼愛撒嬌呀你這傢伙。」

小澈又沉默，而且還青我。

「好啦好啦。」

於是小澈拿了枕頭墊在我腿上，然後舒服的躺著，而我的手指則是下意識的撫著他微長的頭髮。

『喬喬是我大學的學妹，我第一眼看到她的時候，就跟我的同學打賭，追不到她的話，我就從台北裸奔到高雄。』

「幹嘛這麼狠呀？」

『因為有把握呀。』

「結果有裸奔嗎？」

『當然嘛沒有，結果我真的就贏了。』

「那我就更搞不懂你為什麼要休學當兵了。」

『因為有一天喬喬突然說她要休學去當模特兒，她說她這樣比較有機會被找去演戲，她很想當明星，我搞不懂當明星有什麼好玩的。』

「你其實只是害怕失去她吧？」

『呵。』

「所以你要休學當兵？」

『嗯，跟她打賭，如果她非要休學的話，那我就要先去當兵。』

「你真的很愛賭耶！」

『那是因為我沒想過我會輸。』

「所以你要跟她分手？」

『對，因為我就是這樣輸不起。』

哎～～真是輸不起的死小孩。

「輸了就輸了嘛！人生又不一定要非贏不可，你看姐姐我、人生老是在輸，現在還不是吃飽睡好過得好好的。」

『我就是一想到妳這個老是在輸的人所以才更害怕輸。』

「喂！」

『哈～～開玩笑的啦。』

嘖。

「但反正你們現在破鏡重圓了不是？」

『也可以這麼說吧！』

「也可以這麼說吧？」

『不曉得怎麼解釋，但是復合之後，我總覺得有個什麼不見了。』

「什麼？」

『當初第一眼看到她的那種悸動吧。』

「唔……」

『很奇怪，現在我常常看著那張愛了好幾年的臉，然而感覺卻很陌生。』

「嗯……這真是有點難懂。」

『嗯，我就知道妳不會懂。』

「嘿！我們來試試也說一整夜的話好不好？先睡的人輸。」

哎～～真是嗜賭成性的傢伙，不過是一個突發奇想的小提議，結果這下子他精神全來了。

『賭什麼？』

「贏的人決定吧！」

『好。』

我承認我要小心機，因為我早見識過這傢伙三秒鐘入睡的功力；但天曉得我真的好想哪天也能有正當的理由把這傢伙當男傭一樣的使喚而且他還不能有意見，吼～～那個畫面光想就樂！

「我有說過我討厭你嗎？」

『差不多每天都會說十遍吧！』

「我現在宣布我收回這句話，你其實人還不錯啦。」

『那我也要收回。』

「哪一句？」

『我好像說太多妳的壞話了，一時間也沒有辦法完全收得回來。』

「……」

『但是關於妳很呆的這句話，無論如何我是絕對不會收回來的。』

娘的咧！

》第十四章《

結果誰贏了？我只能說遺憾。

真的是壓根沒遇過賭性這麼堅強的混帳傢伙，這嗜賭成性的臭傢伙不但以驚人的意志力戰勝三秒入睡的功力，更過分的是，他居然在我睏得不得了瞇眼將睡去的當下一腳把我踹下床，為的就是極得意的宣告他的勝利。

惱死我！

真的很過分，後來我氣不過以姐姐的姿態教訓小澈：

「人生又不是一定非要贏不可。」

結果他聳聳肩，回答：

『其實我也想通了這一點，只不過還是要看對象的，像是如果輸給妳這種天生註定要輸的人，那我會連繼續活下去的信心都失去。』

過分！

「也罷！代價是什麼？」

「還沒想到怎麼整妳才過癮，或許等老子我睡醒再想想。」

然後他就乾乾脆脆的躺平睡去了，在話說完的三秒鐘之後。

嘖。

更惱人的是這家的老爸，說好要我去打工的這天，他老人家深怕我又晃點他，於是就下了聖旨要小瑱親自押著我上工去，而且小瑱這娘兒們不但開開心心的接旨，甚至還揚言當晚就要在餐廳裡吃白飯順便還演澳客，存心故意整我個沒完又沒了。

呿～～

不過這就是所謂的因禍得福吧！我想。

或許換成小澈的說法就會變成是：傻人有傻福。

雖然以文說了他這幾天會回台北，但我萬萬沒想到居然就是這一天而且為的就是這晚餐！

原來包下全餐廳的凱子爺就是他的經紀公司或者說是我的公司或者說是我們的公司，哎～～隨便啦！

這晚我先是看到那個老是呈現跑路狀態的慌張女人出現才驚覺苗頭很不對，接著是被一群人簇擁著走進餐廳的以文，一臉疲憊的以文，而緊接著走在那堆人之後的是傲慢得一看就很難搞的狠角色老闆娘，這也才提醒了我要識時務者為俊傑，趕緊把嘴巴閉上免得一個興奮過了頭尖叫出聲來。

原來他們今天包場子為的就是要開慶功宴，順便請記者大爺兒們吃飯以聊表感激兼再宣傳，果真是紅翻天不得了了！戲還沒殺青就先辦慶功宴，雖然這檔戲不關我的事，但我就是覺得與有榮焉，甚至開始覺得前途一片光明。

我在一間很囂張的公司當編劇，說這話的感覺真好。

『妳在這裡打工？』

唔……現場唯一發現我存在的就是那個老在電梯口晃呀晃的嘴角叨菸台客兒，為了避免讓他們知道怎麼這個新編劇也就是在下我是個兩袖清風寄人籬下的可憐女傭，於是情急之下我只好先斬後奏：

「也不是啦，就純粹是來幫乾爹的忙而已，呵呵呵。」

嘖！我呵得真是有夠不自然的啦！

不過我想這家老爹應該不介意有個被他親生小孩吃得死死的女傭型乾女兒吧。

哎～～我的尊嚴哪……

當記者大爺們拍完照問完話也吃飽喝足開始飲酒作樂交換八卦時，終於不再被鎂光燈還有麥克風攻擊的以文這才空閒下來並且發現到我的存在；可是以文已經是大明星了而且現場還眾目睽睽，於是他沒能自在的找我說話而是故作陌生的請問我：

『請問男廁怎麼走？』

於是我回答了男廁怎麼走之後，只見以文先是一楞，然後強忍住笑：

『那可以先幫我看一下衛生紙夠不夠嗎？因為我有點吃壞肚子可能會在那裡待上一會。』

看了看以文眼底閃爍的笑意，這我才慢半拍的意會過來原來他這是想找個能夠獨處的地方於是約我男廁見。

笨腦袋！

比了個ＯＫ的手勢之後，我立刻奔到男廁並且好機警的在門口擺上清潔中的站牌，接著差不多是一分鐘的時間過去之後，我思念的以文出現在我眼前。

本人，而非電視上那個酷酷的不愛說話的以文，或只透過手機的捉住空檔打電話的聲音。

我突然有種很真實的幸福感，因為張以文一語不發的擁我在他懷裡，而他的擁抱真的好溫暖，他身上的味道好好聞，他是我的以文，而不只是個大明星而已。

我第一次真實的感覺到原來幸福這麼近。

真實的感覺到。

原來幸福這麼近。

幸福。

這麼近。

原來。

『妳怎麼會在這裡？打工？』

「呵，這說來話長耶。」

以文的嘴角在我的髮間揚起：

『真的很對不起吶，只能在這種地方，一點都不浪漫不說，而且——』

「沒關係啦，因為你是大明星嘛。」

張以文又笑了笑，這次他沒再抗議，我想這大概是因為隨著他的爆紅而變成是鐵一般的事實了，所以張以文也只好默默的認了吧。這樣。

『我可能沒辦法待太久，因為待會還要進棚錄影。』

「好辛苦哦，你有沒有好好睡覺？」

以文搖搖頭，笑著說：

『我可以吻妳嗎？』

「哦，好呀。」

然後以文低頭吻住我，在他溫暖的氣息裡，我聽見他說我愛妳。

幸福到破表了，我。

「唔……久違的Kiss耶。」

『我倒是老在拍吻戲，老煩，如果我演到妳寫的劇本，拜託可以少一點嗎？』

「呵，好羨慕那個女主角哦。」

筆直的凝望著我，張以文又說：

『那個是假的，這個才是真的。』

以文的吻，吻在幸福裡。

最後以文比了個電話的手勢，然後依依不捨的回到人群裡，回到那個明星的世界去；而我則是呆在原地傻，並且很認真的考慮今天晚上不刷牙就睡覺；也不曉得是呆了多久之後，門口開始有人敲門，開門我一看，又是那個嘴角叨菸台客兄，而且他的臉還全皺在一團：

『廁所……可以用了嗎？我膀胱快爆炸了。』

「哦……好呀，請慢用。」

『那？』

「嗯？」

『妳是不是不要在這裡比較好？』

「啊！」

糗死我。

『你們在男廁接吻?!』

「小聲點啦，我耳膜快被你吼破了。」

回到家之後，我整個人呈現垂直形狀躺在小澈的床上抬腿兼敷臉，並且迫不及待的分享今晚和以文的甜蜜相見。

「呵，我今天晚上不刷牙了啦。」

『噁心。』

「唔……也對，那還是刷個牙好了。」

『我是說在廁所接吻真噁心!而且還是男廁，噁~~』

「咦?大家都不這麼做的嗎?只有我們嗎?」

『是還有其他人啦。』

「例如說誰?」

『男Gay。』

「呿~~」

「你咧?」

『我啥?』

「最難忘的接吻經驗呀!時間對象地點。」

「不告訴妳。」

「就講一下會怎麼樣！我什麼都跟你講耶！」

『那是妳自己愛講好不好！又不是我要妳說的。』

我嘟嘴。

『好啦好啦！不講的話妳會一直煩我對不對？』

「完全正確。」

『國中一年級，放學後在教室，初戀情人。』

這傢伙居然十三、四歲就戀愛？

『妳在入定哦！如果人已經很呆的話，就儘量不要再發呆了會比較好哦。』

「呃……我只是小小被嚇到而已，沒想到你那麼早就談戀愛囉！」

『因為從小就很受女生歡迎呀。』

「哈！講得跟真的一樣。」

『本來就真的呀。』

「不信。」

『隨便妳呀！』

「給我看你以前的照片。」

『不要。』

「那我自己找。」

『喂！』

於是我起身要找而小澈拉住我腳，就這麼我們開始打起肉搏戰，戰場從床上一直延伸到書櫃，最後是因為我趁亂偷偷想踹他一腳結果一個重心不穩、頭去撞到桌角才暫時停火。

「痛。」

『妳真的很笨欸。』

「痛痛痛！」

『要不要擦藥？』

「我要看照片。」

『喂！』

於是我們繼續展開第二波拉扯戰，一直到小瑱踹門進來吼人為止。

『你們很吵耶！』

「小澈欺負我。」

『愛告狀。』

『幹嘛呀你們？幾歲的人了還這麼幼稚！』

『都嘛是她——』

我趁小澈分心的時候，說時遲那時快，立刻捉下一本相簿，於是我們進入第三次延長賽。

「小瑱替我捉住他！」

小瑱大概是被我淒厲的慘叫聲給嚇到，於是就傻楞楞的幫我捉住她心愛的小弟。

「哈哈！被我得逞了吧！我贏了！贏了贏了贏了！」

『卑鄙鬼。』

「還不錯嘛！幹嘛不給看呀！」

指著相簿裡小澈過去的照片，我嘖嘖稱奇。

『什麼不錯？根本是帥到爆了好不好！』

小瑱扯開嗓門大聲抗議，要不是她有男朋友了，否則我真要懷疑她有戀弟情結咧！

「不過你以前好憂鬱哦！」

『現在也是呀！』

「脾氣差並不等於憂鬱好不好。」

沒想到小瑱聽到這句話倒是哈哈大笑，想必是她也心有戚戚焉吧！

「有沒有喬喬的照片呀？」

『沒有。』

「好可惜哦！人家超想看的啦！」

『沒關係，我有。』

「為什麼妳有？」

我和小澈異口同聲，但小瑱卻賣關子似的飛了出去，然後抱著一疊流行雜誌走進來。

『她。』

「唔……好性感哦！原來你喜歡這一型的女生哦！」

『跟我們家小澈很配哦！呵！』

這倒是，如果兩個人站在一起的話，就會是一對很搶眼的情侶檔吧！

看著這位傳說中喬喬的照片，忍不住我很想問一個很重要的問題：

「這樣的胸部是多大呀？好厲害哦。」

『妳白痴哦！』

嘖！這兩姐弟居然同時巴我頭。

『也有小澈拍的哦！』

『妳幹嘛買回來呀！』

『收集呀，我在辦公室也有放哦！』

『拜託！妳不要到處現給別人看好不好？』

「你是不是一拍照就會憂鬱呀？」

『這不是憂鬱，這叫酷。』

哎！小瑱真的是走火入魔了。

『因為我討厭拍照。』

「那幹嘛還當模特兒？」

『模特兒不是誰想當就能當的好不好？』

小瑱又鬼吼著，這個戀弟狂。

「也是打賭嗎？」

『算是賭氣吧！』

『你們在說什麼呀？聽不懂。』

「祕密。」

『不說就算了！哼！』

於是小瑱氣呼呼的走人，而我和小澈則是繼續像是唱雙簧般的聊個不停。

不知道為什麼，我們這兩個人湊在一起的時候老是哇啦哇啦的聊個沒完沒了，有時候就算是重複了八百遍的話題也照樣笑得亂七八糟。

呵。

》第十五章《

和偶像談戀愛聽起來好像怪拉風的感覺，但說真的，其實很寂寞；尤其又是像以文這種突然間爆紅到連自己也不知所措的爆紅偶像。

隱密的愛情，我們的愛情；見不得光，見光就死，這和偶像的戀愛。

常常以文是趁著拍片或錄影的空檔傳簡訊給我，接著我立刻就回覆，只是當我再收到以文的回覆簡訊時，往往又是另一個拍片或錄影的空檔了，很長很久的那種間隔；慢慢的我們的戀愛模式開始變成是，我藉由報導了解以文的近況還有最新八卦，然後再傳簡訊給以文報告，接著他再告訴我哪些是捕風捉影，哪些是為戲而生的緋聞炒作。

很辛苦，可是很值得。

有時候想來難免會覺得未免也太不公平了吧！因為同樣是二十一歲，但我的以文就要因為拍戲錄影而累得連自己長什麼模樣都差點忘記，而至於小澈那傢伙卻樂得清清又閒閒，雖然這完全性的不關我的事，但我還得路見不平的說上這麼個幾句：這傢伙的工作態度實在是天殺的有夠差！

要早起的不接，要裸露的不接，台北市以外的不接，廠商看起來討厭的不接，除此之外，心情不好時啥也都不接。

甚至有次某個紅得不得了的節目敲他的通告，結果因為那位發通告的工作人員是個Gay，而且還發出了那麼點的性暗示，結果當場被小澈從夜裡的咖啡館給拖到夜裡的街角去海扁到天亮。

呿～～

哎～～

不過還好的是正因為小澈是這種工作態度，也於是我的生活過得才不至於太空虛，只不過我一直想不透的是，我們已經變成是無話不聊到連有次也不曉得是誰先開始這個疑問——如果一直放屁的話，那房間的空氣會不會變成是黃色的？答案是不會，只會因為要擠屁來放而搞得小腹很痠痛——是這樣子程度的無話不聊法，就唯獨他的喬喬例外。

於是他不提，我也不能問。

為什麼？因為問了也只會被他丟枕頭或者直接踹下床而已，這個人就是這樣，不想說的就不會說，真是一輩子沒看過這麼倔強的人。

例如那次：

「欸，所以三十二D抱起來是什麼感覺呀？」

他丟我枕頭，還補上這麼一句：

『妳男朋友永遠不會知道的感覺。』

混帳！

好比這次：

「欸，你怎麼最近和喬喬好像都沒有在約會？你被甩了哦？」

他踹我下床。

「很痛耶！」

『妳活該。』

嘖。

「我明天第一次領薪水耶！請你吃飯要不要？」

『要我載妳去公司就直說呀！幹嘛打腫臉充胖子？』

「……」

『這樣就嘟嘴巴！真不曉得張以——』

「噓！不可以說出來喲！」

『明明自己在那邊愛講！』

「我哪有？」

『那麼有次我明明在上廁所，某位少女還硬是要站在廁所門口報告又是怎麼一回事？』

「沒辦法呀，誰叫我就只能跟你講，而且憋著不講會便秘耶。」

『那難怪妳排便總是很順暢。』

哈哈！

於是隔天小澈載我去公司交劇本領薪水，所謂一回生二回熟，當我們走到大樓門口的時候，小澈搶先冷冷的凝視那些小女生，接著她們很理解的閉上嘴巴還害怕的把臉轉開，所以這次我們很順利的就通過大門上電梯了。

「你這樣真的會替某人得罪Fans。」

『怎麼說？』

「因為你長得很像羅志祥呀，沒人跟你說過？還是說其實你沒朋友？噗哧～～」

『妳白痴哦。』

『妳男朋友？』

走出電梯的時候，想當然又是那個老在電梯口晃呀晃的嘴角叨菸台客兄的，只是他這次總算問了不一樣的問題。

『欸。』

搶在我之前小澈回答他，而且還很無恥的摟了我的肩膀。

「吭——」

可惡！才想反駁時，這混帳居然偷偷掐我的腰、而且還掐得很用力；於是等那嘴角叨菸台客兄走開之後，我們極有默契的走到樓梯轉角去秋後算帳。

『他們不知道你們的事吧？』

「咦？」

『所以妳不覺得有個擋箭牌會比較妥當嗎？』

「其實你是在間接告白吧？」

『妳白痴哦！』他臉紅，於是我才知道當這傢伙一臉紅時，接下來的反應就是垂直的敲我的頭，『快去啦！老是摸來摸去的慢吞吞。』

「很痛耶！」

『快點啦！老子餓了等妳請客耶！』

真是過分！他居然這樣推一個少女，害我差點沒給摔得狗吃屎，混帳！

於是當我終於走出辦公室的時候，卻發現小澈躲在角落壓低聲音講電話，而且當他看見我的時候，又更小聲的說了幾句，然後就掛了電話。

「誰呀？」

『壹週刊。』

「什麼？」

『提供這個不得了的勁爆八卦呀！』

「神經病！到底誰啦？」

『沒啦！』

當小澈說這兩個字而且睫毛還低垂的時候，我知道那通常代表另外兩個字。

「三十二D？」

他青著我。

『我這次又沒講名字，光提代號也要被你青？』

他開始準備要踹我了，於是我只好識相的閉上嘴巴。

自從那一次燭光之夜後，小澈就再沒提過他和喬喬的事，所以我真的搞不懂這兩個人到底現在是什麼情形？

於是當我們在那家咖啡館吃飯的時候，我決定冒著生命危險拐彎抹角的試探問問：

「今晚要不要來個燭光之夜？」

『幹嘛？』

「好像這樣你才肯告訴我關於『沒啦！』的事情呀！」

『神經病！還『沒啦！』虧妳想得出來！』

太好了，小澈終於不再酷著一張臉。

「可是我很好奇——」

『好奇個屁呀！快點吃啦，吃完我要去唱片行。』

「幹嘛？」

『買便當！』

「咦？」

『當然嘛買ＣＤ！白痴。』

「買ＣＤ還三十二Ｄ？」

『妳很冷耶大姐。』

「哦，好啦。」

唱片行——

「你要買誰的？」

『我在尼泊爾旅行的時候不知道為什麼腦子裡突然浮現這首歌，今天想找找。』

「對了，我倒是一直想問你這個問題耶，為什麼想去尼泊爾呀？難道不覺得很冷門嗎？」

『那又怎樣？』

「哦。」

『因為尼泊爾是個可以把自己想清楚的好國度。』

「把自己想清楚?」

『嗯,把自己想清楚。』

我實在搞不懂這句話什麼意思,於是我只好換了個我能搞懂的話題:

「是哪首歌呀?」

小澈就輕微的哼了幾句給我聽。

「哦……是蔡依林的天空啦!這麼紅你也不知道?」

『我那時候在當兵是要怎麼知道?』

「我說呀、偶爾也要走出自己的世界看看外面,知道嗎?乖~~」

掂著腳尖我揉了揉他的頭,結果這傢伙嘴角突然的浮現一抹笑意;我好像聞到過肩摔的味道,我於是趕緊警告他:

「你敢!」

『妳賭我敢不敢?』

我賭他敢。

才想說大事不妙趕緊想逃跑時,結果來不及;這傢伙居然還真的給我當眾過肩摔!

「你該死了你!我要報警!」

揉著腰,我幾乎丟臉到快哭出來了,結果這傢伙居然是抱著肚子笑到臉歪掉。

混帳！

總有一天我非得親手殺了他不可！

『喏，妳偶像的唱片，送妳。』

等到付完帳之後，這傢伙突然遞過一張唱片給我。

「羅志祥？」

『我感覺到妳很哈他。』

我看看羅志祥的封面照片，再看看小澈瞥著偷笑的表情，忍不住的我又想確定這麼一下：

「你這又是在跟我間接告白對不對？」

『妳這又是想被過肩摔對不對？』

「當我沒說。」

『乖。』

過分！

走在東區的街道上，忍不住的我問：

「欸，你覺得羅志祥和蔡依林是真的好朋友還是其實在交往？」

『不曉得，不過我希望是後者。』
「為什麼？」
『妳不覺得他們兩個在一起的時候表情是幸福的嗎？』
「咦？」
『上次看報紙時突然感覺到的，他們去日本看瑪丹娜演唱會的照片，他們笑得很幸福的樣子。』
「好朋友不會那樣笑嗎？」
『我覺得不會。』
「可是我跟你在一起的時候也常那樣笑耶。」
『妳這是在跟我間接告白對不對？』
「……」
『……』
尷尬，趕緊換個話題先：
「所以你早就知道自己長得像羅志祥了哦？」
『從國中的時候就一直被說啦。』
「那你之前是一直在裝死哦？」
『我直到現在還是在裝死呀。』若有所思的望著我，不太明顯的；小澈很快的重新換過表情，又說：『因為沒道理不知道呀。』

「還真有自信咧。」

『我幹嘛要假裝自己不知道？』

也對。

我幹嘛要假裝自己不知道。

小澈說。

我幹嘛要假裝自己不知道。

這是這天小澈說的最後一句話。

往後當我再看過羅志祥『好朋友』的ＭＶ時，我沒想到當下的感覺會是百感交集；而，那也只是往後了……

往後……

往後的往後。

你寧願當她一輩子的好朋友，還是勇敢的做一次她的男朋友？

——羅志祥，『好朋友』ＭＶ

第十六章

本來我以為陪小澈買了唱片之後他心情就會變好的，但顯然這只是我單方面的以為，因為相反的，小澈的心情很明顯的更差了。

回到家之後，小澈就直接把自己關在房間裡不肯出來，他不出來，於是我也不敢進去；我不知道小澈是在煩惱什麼，我真的很希望自己能幫得上忙，雖然我從來也沒幫過小澈什麼忙，而且相反的，還一直讓他幫我忙。

我一直在客廳裡待呀待的待到都夜深了，小澈還是沒有想要把自己放出來的跡象，沒辦法，我只好傳簡訊問他：

——一直把自己關在房間裡，膀胱難道不會爆炸嗎？

一分鐘之後，小澈回了這個簡訊：

——我心情不好，妳去跟我姐睡。

──要來個燭光之夜嗎？姐姐的大腿可以借你當枕頭哦。

而這次不到一分鐘：

──我很累，別煩我。

──幹嘛這麼兇？

──我沒有辦法一直是妳想要的樣子。

──你怎麼了？

然後他就不回了，而且還直接關機了。

你怎麼了？

所以我只好乖乖的聽小澈的話跑去跟小瑱睡。

『不得了！這居然是妳搬進來之後第一次跟我睡耶！』

「嗯，因為對面房間現在是壞天氣。」

『啥？』

「算了，反正說了妳也不懂。」
『怎麼搞的你們兩個人說話的方式越來越像了？』
經小瑱這麼一說，我才發現好像真的有這麼一回事耶！
「問妳一個問題哦！為什麼小澈的相簿裡沒有你們媽媽的照片？」
『這我倒是沒注意耶！不過我的有哦！』
於是小瑱就翻出了他們媽媽的照片，原來小澈長得像媽媽，而她是個非常好看的女人，漂亮而且年輕。
「好年輕哦！」
『嗯，因為媽媽走得早。』苦笑了一下，小瑱又說：『所以媽媽永遠都可以一直年輕下去。』
「呵。」拍了拍小瑱的手背以安慰，我問：「意外？」
『癌症。』
「哦。」
『很可怕，媽媽最後的那一陣子，病得好讓人捨不得哦。』
「嗯。」
『那時候小澈還很小哦！我記得到了末期的時候，我們讓媽媽回家……妳知道我的意思吧？因為媽媽說想要趁最後多陪陪小澈，那時候小澈好像才……五歲吧！』
「難怪你們這麼寵他呀！」

『最寵小澈的是媽媽，那時候小澈沒有媽媽抱著就會一直哭然後不肯睡。』

——你不是說以為我是小瑱？

——因為我小時候不這樣抱著她會不肯睡覺。

「所以後來就變成妳抱著小澈睡覺呀？」

『嗯，我不知道小澈還記不記得，媽媽走的時候小澈還睡在媽媽的懷裡，所以第一個發現媽媽離開的人是小澈。』

——還是……你睡你爸爸的房間？

——就是不要呀！妳囉嗦什麼。

也就是說那天小澈睡前媽媽還在，但一醒來卻已經天人永隔了？

我突然覺得有點鼻酸，但還好我的淚腺不發達。

『所以無論如何我們都會好好寵小澈的。』

「不怕寵壞呀？」

『事實證明也沒有寵壞呀！』

「只是比較任性又愛生氣而且沒耐性而已？」

『哈！我真是搞不懂妳和小澈到底是感情好還是感情差耶！』

「我們是喜歡互相吐槽的好朋友。」

小瑱笑得有點心不在焉，或許她也想媽媽吧！

「不過我覺得妳也很偉大呀！」

『偉大？我？』

「對呀！妳那時候也才六歲吧？就要身肩母親的工作堅強的照顧弟弟。」

『妳是故意說給我心虛的哦？我那時候哭得比小澈還慘耶！而且不抱著他會不敢睡覺。』

「這小澈倒是從來沒說過。」

『當然，我們姐弟倆是永遠不會說對方任何一句壞話的。』

「感情真好。」

『不過對我爸例外。』

「吭？」

『其實那時候哭得最狼狽的人就是我老爸，他哭得真的很慘耶！』

我的腦海裡開始想像那個相貌兇狠的歐吉桑哭泣的樣子，突然間心情就不再這麼沉重了，哈！

『不過小澈今天是怎麼了？也沒看他被找出去玩？』
「跟女朋友吵架了吧！」
『怎麼會？上次看他們小倆口還好好的耶！』
「哪個上次？」
『上星期左右吧！我們去老爸那吃午餐的時候遇到他們，看起來很甜蜜的樣子耶！好像吃完飯要一起去攝影棚吧！如果他們有合照的話，我一定要裱框起來。』
「為什麼那天我會落單？」
『妳還在睡吧？妳不曉得自己作息多不正常呀？』
真是過分！喬喬的事情會跟姐姐說卻對我隻字不提！虧我還掏心掏肺般的把和以文的詳細細節都說給他聽了！
饒不了那傢伙！
真是越想越火大：
「你們還是可以打電話把我叫醒呀，那麼我一定會立刻奔過去的。」
『幹嘛？』
「很過分不是嗎？居然讓我落單。」
『我說……』
表情有夠八卦的看著我，小瑱突然賊賊的竊笑起來。

「什麼？」

『妳該不會是愛上小澈了吧？』

「吭？」

『很明顯的妳在吃醋不是？』

「不是呀，我們只是好朋友好不好？」

『好朋友……笑死我的這三個字，我說呀、當一對男女會頻頻強調對方只是自己的好朋友時，那就代表有鬼啦。』

「呿～～」

『我不反對哦！』

「可是我反對。」

然後小瑱就好認真的發火了：

『妳反對個屁！我弟是哪點配妳不上？』

唔……真是個戀弟狂。

「喂！他今天居然給我當街過肩摔耶！更別提三不五時就巴我頭踹我下床的，誰敢跟這種以後肯定會打老婆的男人交往呀。」

『哈！我們家小澈真的是好Man。』

「妳病了妳。」

『真的好想把小澈過肩摔人的樣子拍下來哦！一定很帥。』

「妳病了妳。」

『妳懂個屁！以前我爸年輕的時候是個柔道教練——』

「吼～～原來如此哦！」

難怪這對姐弟沒事就給人過肩摔！可恨！

『那時候的小澈過肩摔，真是迷死全場人了啦！可是我爸柔道館的活招牌哦。』

「病了病了。」

巴了一下我的頭之後，小瑱繼續好八卦的把話題轉回最開頭：

『沒有男朋友不會很寂寞嗎？』

「我有——」

『哦？』

唔……不妥不妥，把我和以文的事告訴這女人，簡直就是直接告訴狗仔隊那樣的不妥當；

於是清了清喉嚨之後，我改口：

「我有妳這個好朋友就夠了呀！」

『少來，到底是誰，說！』

「沒啦！」

『誰啦？』

「沒啦！」

『算了。』

還好小澈對付我的這招拿來對付小瑱也管用。

哈！

》第十七章《

隔天，我是在沙發上被小澈扔到地板上摔醒的。

這混帳！居然一大早就動粗！

『妳幹嘛睡沙發呀！還好我爸沒回來，要不被妳嚇出人命來！妳知道妳的睡姿有多詭異嗎？』

「因為你把房間關起來呀。」

『我又沒鎖，妳還是可以進來呀！』

「我不想打擾你嘛！你昨天有夠兇的。」

『不是叫妳跟我姐睡嗎？妳睡在沙發上我怎麼看報紙呀？』

嘖。

「欸、你知道嗎？那女人居然可以和我聊到半夜，再繼續和她男朋友講電話到凌晨，然後還精神飽滿的去上班耶！她真的是人類嗎？」

大概是看我的模樣太可憐了，所以小澈忍不住就笑了出來。

「你終於放晴啦？」

『還有一點烏雲。』

「哦。」

『給妳十分鐘刷牙洗臉換衣服，這次該妳請我了。』

「少來！到時候又賴皮。」

『不會啦！我昨天突然想到那次打的賭妳也還欠著，所以今天會先讓妳還一次。』

「好呀！」

於是小澈帶我去吃麥當勞。

「是故意的嗎？」

望著對面一臉壞心眼的小澈，忍不住的，我問。

『看來很完整的告別了前男友的陰影了嘛。』

「也沒有必要特地跑到這裡來確認吧？」

『我只是單純的想吃麥當勞而已啦，煩。』

「哦……說到這、你很過分耶！」

『啥事？』

「你和小瑱各自帶情人去你爸那裡遇到，也不讓我湊一腳。」

『沒多的位子給妳坐呀。』

「過分。」

『再說、妳當什麼電燈泡呀！要約會找妳的張以文不就好了。』

「他要有空的話，我還需要跟你耗哦？」

小澈瞪我，於是我識相的趕緊道歉先：

「對不起，我說錯話了。」

『沒禮貌。』

這傢伙居然得寸進尺的推我的頭，可惡！

「所以說你們還是在交往囉？」

小澈聳聳肩膀，不承認也不否認，真的是很呿～～

「幹嘛就是不跟我說嘛！你都跟小瑱說不跟我說，很不公平欸！」

『日正當中的撒什麼嬌，噁心死了。』

我使出嘟嘴絕招。

『沒用了啦，這招我免疫了。』

早講嘛！

「那怎樣才有用？」

『流個眼淚來看看？』

「辦不到，我這個人天生沒眼腺。」

『那怎麼樣妳才會哭？把妳揍哭？』

「喂！」

『哈～～開玩笑的啦。』

「呿～～不過這我倒是不曉得耶！像是被前男友那麼沒尊嚴的甩掉時，好像也完全沒哭耶！」

『所謂沒有被尊嚴的甩掉是什麼情形呀？』

「就好像用談論吃一號餐好呢還是二號餐呢的口吻一樣的說我們分手吧！」

『好慘。』

「嗯，真的很沒有尊嚴哦！比垃圾被丟掉還慘耶！」

『怎麼說？』

「垃圾起碼還可以資源回收呀！」

我想小澈的烏雲大概被風吹走了，因為他聽得哈哈大笑、還給我笑得扶住桌角，真的是呿～～完全不顧慮到本姑娘肉做的心很可能會因此而受到傷害，簡直是跟他家老姐一個德行。

「所以你跟三十二D昨天是怎麼了？雖然你這個人兇歸兇，但第一次看你心情差成那樣耶。」

我這個人真的很帶賽，好不容易用盡全力拋開自尊引起一陣風來，沒想到自己又跑去把烏雲給撈回來，因為小澈現在的表情宛如烏雲罩頂，我懷疑如果我繼續帶賽下去的話，他可能會亮閃電也不一定。

『相愛容易相處難，像垃圾一樣的廢話，不過卻是千真萬確。』

「唔……」

『妳不覺得如果感情也可以像垃圾一樣丟掉的話，那反而會比較好嗎？』

「那是因為你沒有過像垃圾一樣被丟掉的經驗，所以才會這麼天真吧？」

『可是這樣就可以比較快復原呀！像妳那樣，多好。』

謝謝！

「所以你們現在是？」

『反覆一再的資源回收，恐怕會持續到誰先被榨乾為止。』

「榨乾？」

『心呀！』

「咦？很難懂耶！」

『就是心被掏空的意思啦！虧妳還是寫文字為生，真受不了！』

「哦，可是我還是不懂為什麼會這樣耶！」

『花花世界的誘惑很可怕。』

「花花世界？」

『例如說模特兒這一行。』

「哦！這樣就比較好懂了。」

『那就好。』

「但是這跟資源回收有什麼關係呀？」

『妳的頭腦是生來裝飾用的嗎？』

「我的心現在用ＯＫ繃也貼不住了！」

還好，雖然烏雲還在，但是躲在裡面的太陽已經出現一絲曙光了。

『妳就是非聽白話文不可嗎？』

「欸！確實是白話文會比較好。」

『我們已經分手好幾次了！但是沒有一次能真的狠下心徹底分手，不再見彼此的面。』

「為什麼分手？」

『我不是說了嗎？誘惑。』

「你？」

『她。』

「我沒有惡意，但是我以為會是你耶！因為你看起來比較花心耶。」

小澈淡淡的笑著，但是太陽堅持不肯出來。

「你從來沒有劈腿過？」

『不是人帥就會劈腿的。』

「自戀。」

『我是。』

「知道就好。」

『而且我既深情又專情。』

「姐姐差不多快聽不下去了，這位小老弟。」

『那想被過肩摔嗎？』

不想。

「你真的很愛她哦？」

『我真的很愛過她。』

「咦？」

把臉轉開，小澈換了個話題，說：

『眼淚。每次她都流著眼淚懺悔發誓這是最後一次，雖然早就不相信她了，卻又沒辦法狠下心真的不理她，我的心差不多快被掏空了吧！』

「掏空之後就會放晴嗎？」

『掏空之後就天崩地裂了。』

「那怎麼辦？」

小澈嘆了一口氣，說：

『今晚來燭光之夜吧！』

燭光之夜——

以同樣的姿態就定位，為了公平起見，所以這次換成我舒服的躺在小澈的腿上，只是小澈拒絕放〈天空〉當作這燭光之夜的背景音藥，因為他說有些音樂是比較適合一個人聽的。

「你想要怎麼樣才能真正死心呀？」

『除非是她找到一個愛他比愛我多的男人，或者我遇到一個比我愛她更多的女生吧！』

「好像繞口令哦。」

『倒是妳那時候為什麼能夠乾脆的答應分手呀？我以為妳是那種會抱著男朋友大腿求他回心轉意的女生耶！或者會做出一哭二鬧三上吊這一類的事情來。』

「沒辦法呀！我已經未戰而先輸了，最慘的是，我連對手都沒見過耶！」

『慘。』

「更慘的是我甚至可以說是根本不知道有對手的存在。」

『真慘。』

「最慘的是我的分手不是用談的哦，而是用被通知的。」

『別再說了，我幾乎都要替妳難過起來了。』

「喂！」

笑著揉了揉我的頭，小澈想了想，又說：

『或許也是因為妳沒有自己想像中的那麼愛那個人吧！』

「可能吧！我總是在想，如果我繼續和他交往卻又認識以文的話，可能會變心的人是我也不一定哦。」

『所以他只是比較幸運早變心囉？』

「也可以這麼說吧！」

『那妳會變心嗎？』

「不可能，我這輩子最愛以文。」

我說，然後小澈沉默。

沉默了大概一分鐘那麼久之後，突然的，他起身。

「咦？你幹嘛？」

『拉尿。』

「哦。」

拉完尿回來之後，我忍不住馬上抗議：

「早講嘛！剛突然沉默了一下，害我心臟突然漏跳半拍耶。」

『沒用鬼。』

「你不知道你這個人連沉默也很兇嗎？」

『妳白痴哦！』

又把我踹下床，這混帳！

狼狽的爬上床鑽回暖呼呼的棉被裡，我轉頭看著燭光中小澈的臉，突然忍不住想笑。

『笑什麼啦！妳有被虐狂哦？被踹了居然還笑。』

「不是啦！我只是突然想到，之前一直覺得你跟小瑱的個性很像，但是昨天小瑱說她覺得我們說話的方式越來越像欸。」

『我姐幹嘛這樣羞辱我。』

「死鴨子嘴硬。」

『隨妳怎麼說，不過、不過妳不擔心嗎？』

「擔心什麼？」

『演藝圈的誘惑更多吧！』

「以文不一樣。」

『但是妳沒聽說過，很多螢幕情侶都是日久生情或者是因戲結緣的耶！』

「你幹嘛這樣子唱衰我們呀！奇怪吶！」

『睡覺啦！我睏了。』

小澈說，然後他以一種好像看到我突然變成D罩杯的不可思議表情看著我：

『妳幹嘛？』

「睡覺呀。」

『去我姐房間睡啦。』

「咦？為什麼？」

『沒為什麼呀！孤男寡女的還睡一起像什麼話！』

「咦？可是我們不是一直就這樣睡嗎？」

『現在不行了呀。』

「為什麼？」

『不用為什麼，滾。』

「不要啦～～」

巴著床角，我硬是不滾。

『妳很——』

看著我這詭異的姿勢，小澈差點沒給笑到岔氣：
『不過妳覺得我們這樣正常嗎？』
「怎麼不正常？」
『每天抱在一起睡覺卻什麼事也沒有，我都不敢告訴我的朋友。』
「為什麼？」
『他們可能會以為我性無能也不一定。』
「想太多！你不是說了不把我當女人看嗎？」
『那妳會告訴以文嗎？』
「怎麼敢！」
『就知道。』
「你有告訴喬喬嗎？」
這個沒禮貌的傢伙居然就直接把老娘我給踢下床，然後自己轉身就要睡了。
「你要睡囉！我精神還很好耶！」
『管妳的。』
「好啦好啦，那你讓讓咩，這樣我怎麼鑽進去呀？」
『去我姐房間睡啦！』
「幹嘛突然的不給睡啦！」

『哪有女人這樣說話的?真A。』

「……」

『睡不著就去寫劇本不會哦!』

「哦。」

第十八章

雖然小澈還是不告訴我正確的答案，但我想他們大概是和好了吧！因為小澈又開始頻頻外出、甚至每天都幾乎到了早上才累得趴趴的回家，當然現在我知道原來小澈之所以會玩到這麼晚，不完全只是吃喝玩樂唱歌跳舞而已，而是有更重要的事情要做。

我想關於這點我是可以理解小澈的，因為不要說是他了，就是連我這個女生都對那樣一個性感的女人充滿好奇，只是小澈仍然堅持不和我聊他的喬喬，就像他堅持要一個人聽〈天空〉的道理是一樣的。

這是不是代表那個女人就是小澈的天空？是一個不願與人分享的私人空間。

難怪那時候她說要去當模特兒的時候，小澈會那樣的生氣，甚至拿自己的學業開玩笑，最後還賭氣的也跑去當模特兒，真的是一個很輸不起又任性的傢伙欸！

我覺得我好像開始嫉妒了，嫉妒他們愛得濃烈，嫉妒小澈把所有的時間都陪她，每當我一個人在小澈的房間無聊到抹地板時，我總是嫉妒著他們。

雖然我有以文，但卻只能透過電話聽他的聲音或看他的簡訊，或者是看著電視上接受訪問的以文還是像以前一樣不太愛說話；有時候想想還真是挺寂寞的，不知道我的以文會不會也寂寞?不過我想以文可能忙得連寂寞的時間都沒有吧！

而且我發現我越來越不能忍受寂寞，所以我決定主動出擊。

所謂的主動出擊就是也去參加他們第一次舉辦的握手會，而這是我生平第一次跑去參加這種累死人的場合，而我當下的感覺是：真的是應驗了小瑱說過的，是一個會紅到翻過來又翻過去的人氣偶像欸！

因為我才一下捷運站之後就感覺到一股來勢洶洶的不尋常氣氛，當我接近目的地的時候，眼前的情景已經不是人滿為患這四個字足以形容的；要不是我事先知道這裡要舉行握手會的話，我恐怕會以為是這裡發生了什麼暴動。

當我被堵在人群外不得其道而入而望著黑壓壓的人頭沮喪嘆氣，只好心生放棄的念頭時，遠遠的，我看到那個老在電梯口晃呀晃的嘴角叨菸台客兒，所以我沿著人潮的外圍費盡千辛萬苦終於擠到他的身邊去。

「嘿！」

這傢伙大概是生平第一次這樣忙碌，所以他足足看了我三分鐘那麼久，才終於回過神來。

『是妳呀！』

「欸，人好多。」

『妳來支援的嗎？』

「不是耶，是來支持一下公司辦的活動嘛！可是沒想到人多成這樣欸。」

『對呀！人太多了，只好發號碼牌了。』

「號碼牌？」

然後我們交換一個眼神而且會心一笑，這是第一次、我認真的感覺到能夠認識這傢伙真好。

「你的意思是？」

『現在開始發號碼牌。』

嘴角叼菸台客兄拿起大聲公如此宣布著，並且以迅雷不及掩耳的速度把一號牌交到我的手上，我都還來不及向他道謝，這傢伙就被上千名瘋狂的少女團團圍住了。

真好，我是一號耶！呵！

大概是過了兩個鐘頭那麼久，我被周圍同時響起，震耳欲聾的、高分貝的尖叫聲當場嚇到，於是拚了老命的轉身望向台上，果真是以文他們終於現身了。

所以我也開始尖叫。

有人會對自己的男朋友尖叫嗎？答案是有的，而且那個人就是我，因為我的男朋友是以文。

於是在一陣混亂的擁擠和吶喊聲中，我們開始拿著號碼牌依序上台，當以文看到我的出現時，他顯然是嚇了一跳，然後慢慢的展開笑容：

『妳是我的頭號影迷呀？』

「是呀，而且我很愛你。」

以文還是笑，沒想到這句話竟能在公開場合聽到我親口說，於是他握著我的手，說：

『謝謝。』

回到家之後，我開始把枕頭想像成是以文，然後對著枕頭又笑又叫的自言自語。

『妳也拜託一下好不好！我沒看過戀愛中的女人這麼討人厭的耶！』

「你怎麼現在才回來！」

『妳怎麼這時候會在家？』

「咦？你這話是有在躲我的意思嗎？」

『沒啦，我很睏，別吵我。』

「有很多話要跟你講耶！等你很久了耶！」

『不想聽。』

「我今天又看到以文了哦！呵！好討厭哦！」

『上次在男廁接吻，這次在哪裡幹嘛？』

「我去他的握手會哦！」

這傢伙居然又躺平了沒反應，我真的應該找機會教小瑱勸勸她小弟，不要年紀輕輕的就縱慾過度。

「結果他問我：妳是我的頭號影迷呀？好可愛對不對？」

『我衣服快被妳拉壞了啦！』

「然後終於我可以趁機大聲的說我愛你了耶！你知道我有多興奮嗎？真的很高興耶！」

『……』

「反應不要這麼冷淡嘛！」

嘖，這傢伙居然還打呼，是演給我看的嗎？

混帳！

手機響起，就是我心愛的以文親自打電話來，於是我暫時沒有時間騷擾小澈，因為以文對於我突然出現在他的握手會也很興奮，於是我們甜蜜蜜的電話傳情，沒想到這傢伙居然起身把我推出房外！

『怎麼了嗎？』

「沒有，只是吵到我室友而已。」

大概是被小瑱傳染了，我們竟然一直講到隔天早上張以文被他的宣傳催促為止。

呵。

然而，這一天，向來以愛欺負人聞名的小澈莫名其妙的以一種發神經的姿態對我很好，若不是他不會來月經，否則我真會以為這是他生理失調；事情要從當我下午起床時發現他居然還待在家裡這件事情說起。

「你是回來了還是沒出去？」

『嗯。』

「所謂的嗯是什麼意思？」

『就是不用妳管的意思。』

「哦。」

怪得很、這傢伙……

「欸，現在是只有我發現到我們兩個人好久不見了的這件事情嗎？」

『有嗎？』

「明明就有呀，我甚至想不起來上一次看到你是什麼時候的事耶。」

『是哦。』

「問你，你是有在故意躲我的意思嗎？」

『沒呀。』
「那為什麼我們這麼久不見呀？」
『有嗎？』
「喂！說真的你確實是在躲我對不對？為什麼？」
『妳也發現囉？』
我非常狐疑的看了他一眼，然後決定當他來月經管他去的，就這麼坐下來喝牛奶並且準備看報紙。
「報紙咧？」
『我帶出去看忘記拿回來了。』
「所以你是出去過就對囉？」
『對啦！』
「哦，有以文的新聞嗎？」
『沒有。』
有鬼！因為這傢伙以非常迅速而且異常肯定的態度回答，其中必定有詐。
算了，反正待會看娛樂新聞也是可以；然而，當我才一拿起遙控器準備開電視時，這傢伙卻用一種我好像瞬間豐滿成三十二D的受驚語氣問我：

『妳要看電視哦？』

「對呀！不然咧？」

『我肚子餓了。』

「咦？」

『懷疑哦？去買菜做飯呀！』

「哦，好呀。」

既然大少爺喊餓了，於是我只好起身出去買菜，只不過奇怪的是，這傢伙居然頭殼壞去說要陪我上超市，所以我忍不住想確定一件事情：

「你是不是愛上我了？」

『吭？』

「因為你今天好像特別黏我哦！是不是終於發現我到底是個擁有致命吸引力的美麗女生呀？」

『神經病。』

他終於還是笑了，而且還順便巴了一下我的頭。

「哇哇哇，沒想到久沒被你巴頭，感覺居然還挺懷念的耶。」

『那妳要不要再懷念一下？』

「不用了，謝謝。」

於是我們就一起出門，到了超市他大少爺卻說還是直接在外面吃就好了，但是又挑三揀四遲遲不肯決定到底要上哪間館子，我看了看時間就快要來不及了，只好硬起頭皮催促他：

「嘿！快來不及了，隨便找一家有電視可以看的地方就好了啦！」

結果這傢伙居然說想吃路邊攤。

「你是故意的嗎？」

『什麼？』

「這樣我怎麼看電視？」

『回家看重播不就好了？』

「哦，好吧！」

沒想到大少爺吃飽喝足之後居然又興致很好的說要去逛夜市。

「為什麼？」

『偶爾也會想跟妳逛一下夜市不行哦？』

「你真的愛上我了對不對？」

『妳真的想被過肩摔對不對？』

「沒。」

雖然我不能肯定小澈是不是愛上我了，但我可以肯定他今天真的很奇怪，因為他逛完夜市又說要喝咖啡，喝完咖啡又說想去貓空看夜景。

「這種事跟三十二D做比較有fu吧？」

他青我。

「好啦好啦。」

就這麼拖呀拖的，拖到我們回到家的時候已經錯過了重播的時間，於是我哭喪著臉抱怨：

「看不到了啦！」

『少看一集會怎麼樣？』

「可是——」

『小澈，喬喬找你找得很急耶！』

「哦。」

『你怎麼沒開手機呀？』

「忘了。」

於是小澈躲回房間裡去電話熱線，而我只好識相的跟著小瑱回去她的房間。

「咦？報紙怎麼在妳房間？」

『我才想唸妳咧！看完居然塞到沙發底下，這習慣很差耶！』

「有什麼新聞嗎？」

『有個天大的新聞，張以文和那戲裡的女主角假戲真做了。』

「只是八卦吧？」

『是真的喲！這次有照片為證。』

我只覺得一陣昏眩，慘白著臉望著娛樂版的頭條新聞，當我讀著那圖文並茂的煽情文字時，我只覺得整個人彷彿已經被掏空了，而不知情的小瑱卻還興致勃勃的稱讚他們真是登對的螢幕情侶。

而我真的不想再聽小瑱說下去，卻又不敢叫她閉嘴，於是只好決定去洗澡，洗完澡之後我決定繼續刷浴室，因為我只要心情一沮喪就會想要刷浴室，而我實在很久沒刷浴室了。

『喂！我要上廁所啦！』

是小澈的聲音，只是現在我終於明白他今天為什麼怪怪的了，雖然我不想出來，但還是只得讓他進來，沒想到小澈進來之後他不是想要上廁所，而是要拿手機給我。

『他打給妳。』

「我在忙。」

『忙什麼？』

「忙著刷浴室。」

於是小澈嘆了口氣，替我向以文解釋，然後掛了電話。

『要點蠟燭嗎？』

「我要刷浴室。」

『如果想找人說話，我一整夜都有空。』

「好。」

然後我把自己關在浴室裡一整夜，等到天亮的時候我決定出去找個地方冷靜的想一想；因為我暫時不想跟任何人說話，不想聽任何的安慰和解釋，暫時還沒準備好面對事實的真相。

第十九章

我想我真的是待太久了，因為我終於想到要回家的時候已經是黃昏了，娛樂新聞剛好開始要播，只是我沒有心情看，還是沒有準備好要接受事實的真相。

我看著小澈書桌上我的手機，上面有很多的未接來電和訊息留言，我怔怔的望著那手機，突然想起來這手機好像是至翰送給我的，突然想到那時候他沒事一樣的說我們就到這裡吧！

心情突然變得很差，於是我關了它，然後決定睡覺去。

我做了一個很奇怪的夢，我夢見我在一片很空曠的草原上面放風箏，而以文遠遠的飄在天空中，飛得比我的風箏還高；這夢是無聲而黑白的，因為我不常做夢，所以我不知道這夢算不算正常，我只記得夢裡的以文對著我笑，笑得好開心，他開口想跟我說些什麼，但卻徒勞無功的，因為他飛得太高，離我太遠。

我追呀追的，卻怎麼也跟不上他飛的速度，然後我一個失神，風箏，飛走了。

以文是想跟我說再見嗎？

當我醒來之後，我發現我的眼睛濕濕的，但那不是淚，因為我從來就不是會哭的女生，所以那是我的眼睛在流汗，而且汗只在眼眶裡打轉，沒有流出來，真的是一對很聽話很好用的眼睛。

然後我看見小澈坐在書桌上Repeat著〈天空〉這首歌，原來是他害我做了個怪夢。

「你在呀。」

『嗯。』

小澈見我醒來便關了音樂，他還是這麼有原則的人，堅持不和別人分享他的天空。

「你昨天就知道了對不對？」

『只是我沒想到居然把報紙塞到沙發底下，我姐都還找得出來，她不去開徵信社真是浪費了。』

「呵！不好意思欸！居然還懷疑是你愛上我。」

小澈只是笑了笑，沒再說什麼，沒把手中的東西往我臉上飛來，甚至連吐槽我也沒有；他只淡淡的說：

『妳明天中午記得看電視重播。』

「你不是想盡辦法不讓我看嗎？」

『但是今天他們雙方都出來解釋了，證實只是一場穿鑿附會的流言。』

「……」

『也就是說現場還有另一個人，只是記者趁著那個朋友去上廁所的時候拍了那張照片，所以就變成好像是他們兩個人的單獨約會。』

「……」

『想哭就哭呀！憋著會便秘哦。』

「我沒有想哭，只是不習慣哭而已。」

『打個電話給他吧！我昨天被妳的手機吵了一整晚。』

「你知道我最難過的是什麼嗎？」

『他和別人吃飯？』

「我一直以為偶像是不能談戀愛的，沒想到當對象是一個和他很相配的女明星時，所有人卻都替他們覺得很高興，真是金童玉女對不對？」

『妳也很漂亮呀！』

「可是我不是明星。」

『有什麼關係，我最討厭明星了。』

「我們來點蠟燭好不好？」

『不好，妳先打電話給他。』

「不好。」

『算了，妳先吃點東西吧！』

「吃不下。」

小澈見我動也不動，於是他就一語不發的走出去了，我原來以為是我惹他生氣了，但沒想到當他再進來的時候，手裡多了一碗泡麵。

『要吃完哦！這是我的處女作，而且還幫妳加了顆蛋。』

把泡麵擱在桌上，然後小澈轉身就要離開。

「你要出去囉？」

『嗯，要拍照。』

「哦。」

『還是取消留下來陪妳點蠟燭？』

「不用了啦！神經病。」

於是小澈離開之後，我慢慢的吃著那碗珍貴的泡麵，對於一個平常連咖啡都要人泡才肯喝的大少爺而言，這可以算是我收過最珍貴的禮物，比那支價值上萬元的手機還珍貴。

因為那手機對我而言是錦上添花，而這碗泡麵則是雪中送炭。

小澈離開沒多久之後，小瑱跟著端了一盤削好的水果進來，她看到我受到驚嚇的表情，故意裝作若無其事的說：

『偶爾也會想要自己弄點什麼水果來吃。』

我終於忍不住笑了，能遇到這對姐弟，我還有什麼好抱怨的？

『記不記得我警告過不准妳和小澈交往？』

「小的謹記在心呢！怎樣？」

『我收回那句話。』

「吭？」

『你們……昨天怎麼了不是？不然妳幹嘛又跑去刷浴室？』

「吼！不是妳想的那樣啦！我們真的只是好朋友而已。」

『好朋友個屁！看表情就知道。』

「啊？」

『妳沒發現嗎？你們兩個人在一起的時候，表情都是開心的。』

「……」

——上次看報紙時突然感覺到的，他們笑得很幸福的樣子。

——好朋友不會那樣笑嗎？

——我覺得不會。

——我直到現在還是在裝死呀。

——我幹嘛要假裝自己不知道？

『……反正重點是，如果你們真的是兩情相悅的話，我也不會再堅持什麼的。』

回過神來，小瑱還在自顧著說。

「妳覺得小澈喜歡我嗎？」

『不然他幹嘛跟喬喬分手？』

「吭？他們分手了？」

『嗯呀。』

「那小澈為什麼最近還忙著往外跑？」

小瑱沒回答，挑著眉看我。

——可是我們不是一直就這樣睡嗎？

——現在不行了呀。

——為什麼？

——不用為什麼。

——說真的你確實是在躲我對不對？

『兩個本來就沒可能只是好朋友的人，反而沒有在一起，這才是刻意的錯過。』

這是那天小瑱說的最後一句話。

雖然小澈曾經嘲笑說我的原形是愛睏豬，但我自己認為應該是烏龜會比較貼切一點，因為儘管我的情緒已經恢復平息，但我還是膽小得不敢開手機，不敢面對張以文；關於這點小澈沒有意見，他說只要我別碰他那張天空的ＣＤ就好，真是一個很小氣的傢伙耶！

而小瑱也沒有再提過那件事情，我想大概是因為她跑去問小澈然後被兇了一頓的關係吧！

這天，很少露臉的乾爹出現在這裡，他在探望兒女之餘順便關心帳戶裡放的錢夠不夠用，最後還心情很好的留下來做飯給我們吃。雖然今天難得我不用下廚，但我還是被這個性很差的兩姐弟推進去廚房裡跟著學，因為他們說我的廚藝實在有待加強。

『對了，明天到餐廳打工吧？』

「我？」

『對呀！不然還有誰？』

「哦，好呀。」

『又有人包場？』

『嗯，上次那家公司，聽說是要喝殺青酒的樣子吧！』

我的心直往下沉，不知道該怎麼拒絕，但又真的不想去，不想同時面對以文和那個緋聞女主角而且還是替他們端盤子。

『我去好了。』

「吭？」

當小澈如此說道的時候，我們三個人同時驚聲尖叫。

『偶爾去端個盤子也不會怎麼樣。』

「可是——」

『就這樣。』

「好。」

我和乾爹異口同聲說好，不敢吭聲，倒是小瑱用一種捉姦在床的眼神看著我，不過還好的是她很識相的沒多嘴。

乾爹離開不久之後，小澈跟著也出門，我一個人坐在書桌上一直等他回來，想跟他說聲謝謝，但是小澈這次徹夜不歸，我一直等到天亮的時候，才模模糊糊的睡去。

等我醒來的時候，我發現我人不在書桌上而躺在床上，還給棉被蓋得好好的，所以我知道是小澈回來過了，然後又出去了，我不知道小澈在忙什麼，他或許還是在忙著躲我吧，但是沒有關係，因為我知道當我需要小澈的時候，他總是會在的。

即使我忘了我是需要小澈的時候，他還是在。

於是我怔怔的望著小澈的床頭音響，終究我還是按下Play鍵，而小澈在尼泊爾時不知道為什麼突然浮現腦海的〈天空〉就這麼流瀉開來。

在你離開之後的天空　我像風箏尋一個夢
雨後的天空　是否有放晴後的面容
我靜靜的望著天空　試著尋找失落的感動
只能用笑容　期待著雨過天晴的彩虹

詞：衛斯理／小米　曲：衛斯理

於是我終於知道原來小澈不要我聽的真正原因，然後我發現，這首歌不只流瀉在這房裡，也將留在我的心裡。

『妳在聽音樂哦？』

我轉頭，原來是小瑱不知道什麼時候進來的，於是我順手關了音樂，潛意識裡慢慢的養成了小澈的習慣，有些歌開始也變成我不能與別人分享的寶貝。

這是我們共同的默契。

『昨天喬喬來找我，她一直哭。』

「哦。」

『這次大概真的行不通了吧。』

「嗯。」

小瑱嘆了口氣，然後說：

『都窩在家裡一整天了，出去走走吃點東西吧！』

「哦，好呀。」

我知道小瑱要我去哪裡，但她不知道那裡有我不願意去的原因，還有小澈願意替我去的原因。

≫第二十章≪

我從來就是那種很聽話的女生，所以當小瑱暗示我去乾爹的餐廳時，沒辦法，我還是很聽話的就來了，只是我不知道自己是想來見以文還是小澈，但是當我才走到門口時，卻看見小澈一個人坐在門口喝啤酒。

而表情，是憂鬱。

「偷懶哦，大少爺。」

『嗯。』

「怎麼了?」

『出來偷懶呀。』

「呵。」

他還是不想再當我的好朋友了。

——你們兩個本來就沒可能是好朋友，反而沒在一起，才是刻意的錯過。

『他還在哦。』

「以文？」

『妳來是想見他吧？』

「我來是看你。」

小澈笑了笑，力不從心的那種。

『要我替妳轉告他吧？』

「不要。」

『我叫他去辦公室，妳先去那邊等，乖。』

「你為什麼都不問我的意見呢？」

『還是妳懷念男廁？』

「你知道我指的不是這個。」

『我不是說過了嗎？』

「嗯？」

『我討厭輸。』

「小澈！」

『辦公室等，不要亂跑。』

「……」

辦公室等。

不要亂跑。

當我一個人待在乾爹的辦公室時，滿腦子想的不是待會該跟以文說什麼，卻是小瑱說的——你們兩個本來就沒可能是好朋友，反而沒在一起，才是刻意的錯過。

或許這就是你想要的結果？刻意的錯過？

不知道過了多久，以文終於一臉懷疑的走進來，當他看見眼前的人當真是我時，他抱住我。

我沒拒絕，我承認我懷念這個擁抱。

很懷念很懷念。

『為什麼不接我的電話？』

「我怕。」

『那不是真的。』

「但還是會怕呀！你們看起來那麼相配，所有的人都替你們那麼高興。」

『但我心底的人是妳，妳是知道的吧？』

「……」

『妳相信我嗎？』

我點頭，伸出手環繞在以文的腰際。

真好，以文沒變，我們沒變，愛情沒變。

『我等一下就可以走了，但可能還是不方便出現在公眾場合。』

「好，那我就先走了。」

以文笑了笑，他親吻我的額頭，我知道我又犯呆了，但是以文永遠不會嫌棄我的；這就是以文和小澈的差別，小澈會巴我的頭，而以文則是笑著親吻我。

『但是我很想看看妳，想跟妳說說話，想和妳多待一會。』

「我也……是呀。」

『可以、去我的公寓等我嗎？』

「咦？」

『還是我再打電話給妳好了。』

「沒關係呀！我等你。」

『可能要一點時間耶！』

「哦，好呀！」

於是以文把鑰匙和地址交給我，最後他笑著說：『不要亂跑哦！』

不要亂跑哦！

以文離開之後，我才慢慢的走出去，然後我環顧整個餐廳，卻沒看到小澈的身影。

不要亂跑哦！小澈也這麼對我說過。

我按著以文抄給我的地址找到他的公寓後，我慢慢的參觀張以文住的地方，發現唯一被他使用過的地方好像只有床和臥室，發現張以文真的很忙碌，然後發現自己真的很心疼。

最後我無聊的看著電視，沒想到竟就這樣在沙發上睡著了。

『嘿！起床啦！』

「小……」

我感覺到有人輕拍我的臉頰，向來是只有小澈才有機會叫我起床的，但這傢伙才不可能這麼溫柔的對待我，於是我睜開眼睛，果真就是以文！

不是做夢。

「你回來了！」

我高興的抱住以文，在他懷裡的感覺真的好好。

我發現和小澈在一起的時候，我們總是相聲似的說個沒完沒了，但是和以文在一起的時候，我只想靜靜的讓他抱著，感受他的氣息。

『他就是上次替妳接手機的那個人呀？』

「嗯？」

『那個長得很像羅志祥的男生。』

「哦！是呀！」

『你們住在一起？』

——那妳會告訴以文嗎？

——我瘋了才告訴他。

「算是吧！他是我室友的弟弟。」

『哦。』

「就像是我的弟弟一樣，但是我自己的弟弟比較討人喜歡些。」

以文好像放心似了的笑，看來我的決定是正確的。

『我好想要妳。』
「啊？」
『可以嗎？』
「哦，好呀！」

好呀……

和張以文道別之後我回到家時已經是早上的事情了，我躡手躡腳的推開小澈的房門，沒想到他居然還醒著；小澈坐在書桌上喝啤酒，我看見他身邊凌亂的空酒瓶，還有他一臉的黯淡。
「怎麼還沒睡？」
『失眠。』
我思索著，不知道該不該把和以文上床的事情告訴小澈，因為他看起來心情很糟的樣子，只是我不知道他在煩什麼，不知道可不可以問，不知道他肯不肯告訴我。
『要來一罐嗎？』
「我不會喝酒。」
『我想也是。』
於是小澈只是給自己開了一瓶海尼根。

「我還是聽了你的天空，你不會生氣吧？」

『為什麼我會生氣？』

「因為我想你可能不希望我分享你的天空吧！」

『不會呀！』

「喬喬就是你的天空吧？」

『已經不是了。』

「要和我分享嗎？」

小澈的嘴角微微上揚，如果那代表笑的話，我想那應該是一個苦笑。

『我從來沒有和一個女生交往過這麼久的時間。』

「嗯。」

『也從來沒有這麼執著於一段感情過。』

「嗯。」

『我從來沒有做過對不起喬喬的事。』

「嗯。」

『也從來沒有想過要用背叛來報復喬喬的背叛，因為我知道她最後還是會回到我身邊的，她說過她的身體不是她的，但她的心是我的。』

「那為什麼？」

『要一起聽天空嗎？』

「好呀。」

於是小澈打開音響，按下Repeat鍵，我們肩並著肩，靜靜的聽天空，反覆的聽風箏，一直到小澈的手機響起，是喬喬。

「你不接嗎？」

『早就不接了。』

我嘆了口氣，幫小澈接起手機，喬喬顯然一時反應不過來的樣子，她楞了一會，操著沙啞的聲音要我轉告小澈，說有很重要的事情要談。

「她的聲音好像哭啞了耶！」

『哦。』

「你離開那片天空了嗎？」

『我可不可以抱妳一下？』

「……」

『好朋友式的那種。』

「哦，好呀！」

小澈的臉貼著我的頸間，過了很久，他終於嘆了口氣，說：

『那歌詞真的很好，對不對？』

「嗯，但是我有個問題耶！」

『什麼？』

「為什麼你能飛卻不肯飛？」

『因為我本來是不打算飛的，等到我終於想飛的時候，卻發現已經被絆住了。』

「怎麼說？」

小澈沒有怎麼說，他嘆了口氣，然後關了音樂，轉移話題，說：

『妳和張以文和好了吧？』

「嗯，多虧你的幫忙了。」

『那就好，』像是呢喃似的，小澈又說：『那很好。』

「謝謝你。」

『幹嘛這麼客套？亂彆扭的。』

「你不是說我是個很彆扭的女生嗎？」

小澈還是淡淡的笑，看來他還是不想告訴我，為什麼他被絆住了。

『我要出去一下。』

「哦。」

『妳趕快睡覺吧！一夜沒睡對不對？』

「嗯。」

『洗完澡就趕快去睡哦。』

「哦，好呀！」

當我洗完澡走出浴室的時候，小澈早就已經出門了，我想他說得很對，我的動作總是慢吞吞的。

我拿起他喝了一半的啤酒嚐了一口，然後發現自己果真是不適合喝酒的個性。

》第二十一章《

然而，卻在小澈出門不久之後，有個人卻登上門來找他，而那個人就是我好奇了好久的，喬喬。

『小澈在家嗎？』

「他剛出去耶。」

『我可以進去嗎？』

「哦，好呀。」

『我就猜到他不在。』脫下厚外套、露出辣死人的曲線之後，喬喬坐在沙發上，幾乎是同一時間的就點起了一根香菸，『他不接我電話也不回我簡訊，所以我告訴他乾脆我來找他談，沒想到他也很乾脆的就出門躲我，』捻熄了香菸，『妳知道小澈去哪了嗎？』

「呃……他沒說耶。」

又燃起一根香菸，她焦慮的抽；硬著頭皮，我客客氣氣的指出：

「唔……方便的話請不要抽菸好嗎？」

『如果我覺得不方便呢？』

「哦，那好吧。」

俗辣呀俗辣。

『方便的話給我一杯咖啡可以嗎？』

「如果我覺得不方便呢？」

她青我。

「哦，那好吧。」

『黑咖啡，杯子要先熱過。』

「娘的咧！妳以為這裡是咖啡館而老娘是服務生嗎？」

我是很想這麼吼她的，不過我終究還是很俗辣的沒種這麼做。

黑咖啡，杯子有記得先熱過。

『妳跟小澈什麼關係？』

盯著我，她狐疑的問道。

「我是小瑱的朋友，目前暫時先借住在這裡。」

兼當他們的女傭。

『妳知道我是誰，對吧？』

「嗯呀。」

『怎麼知道的？』

「小瑱拿過妳拍的雜誌給我看過。」

『不是小澈？』

「不是小澈。」

她看起來很失望的樣子：

『小澈有提過我嗎？』

「沒有耶，小澈不怎麼愛提這個的樣子。」

『小澈倒是經常提起妳。』喝了一口黑咖啡，還順便皺了皺眉頭，『他最近變得很快樂，心不在焉的那種快樂。』

「哦。」

『以前約會的時候，我常會有事要先走，他總是會很不高興。』

他應該不會把妳過肩摔吧？

『可是後來他反而是鬆了口氣的樣子，我知道他心裡有別人了，沒道理不知道。』

——因為沒道理不知道呀。

——我幹嘛要假裝自己不知道。

然後她沉默的專心的抽著菸，像是身上有個電源突然被按下了Off那種程度的完全性沉默法；她不說話於是我也不敢開口，只能用一種好像在路上遇到明星那種態度的偷瞄法默默欣賞她，然後我打從心底的認為：她不當明星真的是種浪費。

「妳不當明星真的很浪費耶。」

於是我就很直率的這麼說了，本來只是想要緩和一下這窒死人的氣氛順便表達一下我真誠的讚美，但沒想到她的反應居然是很突兀的放聲大哭，簡直就像是這句話又給她身上的電源按下了On那樣。

『我知道我讓小澈很不開心，』她哭著說，像解釋，也像懺悔，『我自己也知道我愛玩又上夜店愛抽菸又愛喝酒，常常一喝過頭就會失控做出一些事後很後悔而且小澈知道了又會很生氣的事；可是我沒有辦法，我嘗試過改變，像個他媽的好女孩那樣，可是我不是那塊料，我才不要當什麼他媽的好女孩，那不適合我，簡直悶死我！』

「嗯哼嗯哼，妳要面紙嗎？」

『當然嘛要！難不成我要抹布嗎？』

嚇！還兇的咧！

面紙。

『可是我真的很愛小澈，很愛很愛，愛到沒有他我就活不下去！』

「嗯哼嗯哼。」

『如果他也愛我的話，就該接受那樣子的我，不是嗎？』

——眼淚。每次她都流著眼淚懺悔發誓這是最後一次，雖然早就不相信她了，卻又沒辦法狠下心真的不理她，我的心差不多快被掏空了吧！

——掏空之後就會放晴嗎？

——掏空之後就天崩地裂了。

然後我就生氣了：

「真是八輩子沒見過妳這麼自私的人，妳以為小澈是欠妳的嗎！妳美是美，但妳有美得那麼了不起嗎！」

她瞪我，但很詭異的是，這次我不但不怕她了，我反而繼續：

「愛不是讓對方難過！」

『愛情本來就是自私！』

老天爺，我幾乎想呼她好幾巴掌直到她清醒。

「愛情不只是一個人的事，妳怎麼能夠要求只是對方接受而自己卻連改也不改？還他媽的藉口一堆！」

『原來妳這種乖乖牌的女生也會說粗話呀。』

「託妳的福。」並且：「要妳管。」

『隨便！』並且：『我不是說過有試著要改嗎？但我就是改不了呀。』

「那妳就放手呀。」

『可是我不能失去小澈呀！』

「在我看來，妳只是想要被愛而已。」

『對！而且我只想要被小澈愛，其他的阿貓阿狗我看不上眼！』

「那妳就要改呀。」

『但我就是改不了呀。』

「那妳就放手呀。」

『但我不能失去小澈呀！』

「那妳——」

老天爺！我們非得重複這對話直到小澈回來或我們也受不了了就開始互相呼巴掌為止嗎？

『如果我改得了，小澈就會回到我身邊了嗎？』

「這我哪知道。」

『但我知道，答案是沒可能了。』

「咦？」

『因為小澈把門關起來了。』

「啥?」

『我聽得到，當他把心底的那扇門關起來的時候；妳知道其實當對方把心底的門關起來的時候是聽得到聲音的嗎?』

「呃……」

『所以我感覺得出來，我們這次是真的玩完了，所以我才會把臉拉下親自上門來找小澈挽回，妳能想像嗎?我本來是多麼愛面子的女王個性，沒有接送就不出門的那種女王個性。』

「呃……」

『我真的沒有辦法想像，如果沒有小澈的話，我的人生會糟成什麼滋味。』不等我說些什麼，她自顧著起身穿上外套，『幫我轉告小澈，我的壞習慣暫時間沒有辦法全都改過來，可是我會慢慢改，一邊改一邊等，一直一直的等到他願意再愛我為止。』

「哦，好呀。」

『還有，他離開我的理由，』突然的，她用眼神殺我，『說服不了我。』

他離開我的理由……

他離開我……

的理由……

鑽回棉被裡雖然身體是累得要命，可是不知道怎麼搞的，我滿腦子想呀想的就是那個喬喬最後的這句話——他離開我的理由——是我嗎？小澈？真的、是我嗎？

本來我以為今天的混亂會在那個難纏的女王喬喬離開之後就劃上句點的，不過顯然我做夢！因為我連棉被都還沒躺暖、立刻又有人按了門鈴，而且是令這整棟大樓住戶都會火大的那種海按門鈴法。

「誰——」

『妳上雜誌封面了妳知道嗎？』

門打開，出現我眼前的是小瑱的男朋友，而且表情還很興奮。

「啥？」

『吼～你衝那麼狠——』緊跟在後的喘吁吁小瑱一看到我，幾乎是用尖叫的嗓音吼著：『妳這臭女人未免也太過分了吧！居然瞞了我那麼久！』

「什麼情形呀現在？」

『我有個朋友在這家雜誌工作，這是明天他們的新封面。』

一頭霧水的我接過小瑱男友手上的雜誌，然後差點沒當場昏倒；雜誌封面是被狗仔偷拍到以文和我親密進出他住處的照片，而且還連續好幾張，時間標示了，而圖說則聳動，我望著最後一張以文站在陽台目送我離開的獨照，二話不說立刻撥電話給他，而電話是通的，只不過接起的人不是以文，卻是兇狠老闆娘，她問也沒問我哪位，就說：

『如果以文人氣下滑的話就是妳的錯！這樣的損失妳賠得起嗎？』

我賠不起，誰也賠不起。

『還有，妳從此跟我們公司沒有瓜葛！』

原來她已經知道我是誰了。

完了，真的完了。

『妳怎麼沒有告訴我？』

小瑱很不諒解的問我，而我難過得連一句話也說不出來。

——如果以文人氣下滑的話就是妳的錯！這樣的損失妳賠得起嗎？

——如果以文人氣下滑的話就是妳的錯！這樣的損失妳賠得起嗎？

——如果以文人氣下滑的話就是妳的錯！這樣的損失妳賠得起嗎？

『哎～～小澈知道嗎？』

我點頭。

小瑱看起來很生氣的樣子，本來我以為她會兇我但是她沒有，她轉頭兇了她男朋友，並且要他明天去把全部的雜誌買下來銷毀，雖然我們都心知肚明這只是徒勞無功。

——如果以文人氣下滑的話就是妳的錯！這樣的損失妳賠得起嗎？

——如果以文人氣下滑的話就是妳的錯！這樣的損失妳賠得起嗎？

——如果以文人氣下滑的話就是妳的錯！這樣的損失妳賠得起嗎？

「我真的把以文給害慘了對不對？」

『妳——』

門鈴又響起，上門的是個陌生人，口氣興奮的說要找我採訪，小瑱的男友二話不說立刻起身把他趕走，而小瑱則是轉過頭告訴我：

『這幾天妳就先別出門了吧。』

「好。」

『要陪妳嗎？』

「不用，我想獨處一下。」

『好。』

摸了摸我的頭，小瑱很體諒的沒再多說些什麼。

》第二十二章《

隔天幾乎所有認識我的人都打電話來關心這超火紅的封面八卦，雖然接電話接得很煩，但我就是不敢關機，怕的是漏接了以文的電話；在這些煩人的電話裡，甚至還包括有至翰，在電話裡，至翰很帥氣的表示，如果可以的話，他願意跟我復合沒有關係。

「怎麼辦？」

一旁的小瑱看了我一眼，然後示意我把手機遞給她，只見小瑱接過手機，然後冷冷回了四個字：

『吃屎吧你。』

這是事情發生以來，我第一次能夠笑出聲來。

雖然只是輕微的那種，因為以文還是沒有打電話來。

以文沒有打電話來，而喬喬卻意外的來了電話，她說有必要和我單獨談談，但我暫時不方便出門、而她也不想要再過來，於是我只好請小瑱出去，還不忘警告她別在客廳用分機偷聽。

因為喬喬的聲音聽起來好像很糟糕的樣子，所以我想她應該不是打來好奇的吧。

『我昨天找到小澈了。』

「嗯。」
『他還是要分手。』
「哦。」
『我說甚至為了他改變，把那些他討厭的我的部份都改變，菸不抽了酒不喝了夜店不去了甚至連模特兒也不做了我們回學校把大學唸完，可是小澈不要了就是不要了。』
「嗯。」
『為什麼？』
「啊？」
『為什麼妳知道嗎？』
「我還沒跟小澈碰到面說到話耶。」
『他說他愛上一個比愛我更多的女生，就算我再改變再退讓也是於事無補的，他要我好好的做自己，他——』
她大哭。
而好好的哭了一場之後，她說：
『在妳出現之前，小澈從來不會捨得讓我這樣難過。』
並且：
『我不怪小澈愛上別人，但如果妳敢讓小澈難過的話，我也不會讓妳好過的！』

然後她就掛了電話，很兇狠的那種；然後我突然的又很想要去刷浴室。

於是我就真的去刷浴室了。

等我耗盡力氣把浴室刷得亮晶晶的時候，我力氣放盡的坐在馬桶上專心發呆，接著有人推開門走進來，這個人不是小澈卻是小瑱。

我的反應是失望，我多麼希望眼前看到的人是小澈。

不知道為什麼，我發現我好想好想看到小澈，隨便和他說點什麼，不，或許連一句話也不需要說，就這麼靜靜的陪我待一會——就算只是這樣，都能讓我好過很多。

可是他不在，不知道從什麼時候開始，小澈已經不再當我需要他的時候都在了。

是從感情開始變質開始的嗎？

『小澈出門去了。』

「哦。」

『他好像還不知道這件事情的樣子。』

「哦。」

『喬喬跟妳說了什麼？』

「她說小澈跟她分手了。」

『是因為妳嗎？』
「她覺得是。」
『那妳覺得呢？』
「……」
嘆了口氣，小瑱換了個話題，問：
『我要去買晚餐，妳要吃什麼嗎？』
我想要吃小澈上次親手煮的那碗泡麵，還多加了顆蛋的那種。
但結果我沒說，我只簡短回答：
「都好。」
『妳要一直待在這裡嗎？』
「我還可以去小澈的房間嗎？」
『我覺得那樣比較好。』
「好。」

於是小瑱出門之後，我獨自待在這久違的房間裡點蠟燭聽風箏，不確定是過了多久之後，我的手機響起，來電者是那個老在電梯口晃呀晃的嘴角叨菸台客兄，他低聲說道以文被寸步不離的貼身照顧、或者說是嚴密監視著，於是只好請他轉告我，以文要我放心別想太多事情並沒有很嚴重，還有、要好好吃飯和睡覺。

我知道，但我就是辦不到。

「我會不會毀了以文的前途？」

『應該還不至於吧！這得看看這幾天官網方面粉絲的反應，不過他們還在開會商量怎麼應付媒體。』

「以文還好吧？」

『還可以。』

「謝謝你。」

『保重。』

「好。」

掛上電話之後，我繼續坐在書桌上望著牆壁上、燭光中我的倒影發呆，然後小瑱買了麥當勞回來，當我看著小瑱手上的麥當勞時，雖然很不應該我自己也知道，但我就是沒有辦法的想著：如果是小澈的話，他就會知道我不吃麥當勞的！

小澈總是會知道的。

可是小澈不在；以前的我們不再了。

『我會一直在房間裡，有需要的話隨時過來找我，知道嗎？』

「好。」

小瑱離開，而我繼續發呆，我知道我該睡點覺可是我無論如何也睡不著覺，在沒看到小澈回來之前、無論如何也睡不著覺；而終於等到小澈回來的時候，已經是隔天中午的事情了。

而他的反應是嚇了一跳，我不知道他是驚訝我居然還醒著，或者是驚訝我居然會在他房間裡，我不知道，我好累。

「蠟燭都被我點完了耶。」

『沒關係呀。』

「你可不可以不要再躲我了，這樣讓我很難過。」

小澈苦笑著，然後坐在我面前，他說：

『我都聽說了。』

「哦。」

『照片拍得還不錯，妳本人看起來沒那麼Q。』

「這種時候其實不太適合開玩笑吧？」

『呵，』揉了揉我的頭，小澈難得溫柔著聲音，問：『你們決定怎麼辦？』

「殉情。」

『啊？』

「開玩笑的啦。」

『這種時候其實不太適合開玩笑吧？』

「呵，」筆直的望著小澈，我問：「記不記得有次你心情很不好於是跟我要了個擁抱？」

『記得呀，還順便發現妳確實是差不多B的那次嘛。』

「喂！」

『好啦好啦！幹嘛？』

「還給我可以嗎？」

『好朋友的那種？』

「好朋友的那種。」

擁抱。

在小澈懷裡的感覺和以文的好像，只是我知道此刻我是在小澈的懷裡，而我正需要的就是這個。

一個可以安心的擁抱。

「欸。」

『C罩杯就太過分了。』

「啥？」

『妳不是要逼我接著改口其實不是差不多B而是C？這就太過分了。』

「你很討厭耶！」

『哈～～好啦，幹嘛？』

「我聽喬喬說了。」

『哦。』

「你真的喜歡上我了哦？」

他沉默，然後他乾脆的承認：

『嗯。』

「從什麼時候開始的？」

『不曉得，不知不覺就變這樣了，雖然也覺得很討厭，不過也沒有辦法，但總之不會是從差不多B開始的。』

忍不住的我就笑了，有小澈真好，真的好好。

我開始感覺到，我好像是在認識了小澈之後，整個人才開始真正的活了過來。

真正的，開始活了過來。

在認識了小澈之後。

「怎麼辦？」

『什麼怎麼辦？』

「我是不是也該讓風箏飛向他自己的天空？」

『你們談過了嗎？』

「還沒，他被管住了，不知道什麼時候才能接到他的電話。」

『那妳幹嘛自己做決定？』

「哦。」想了想，我決定還是問：「那我們怎麼辦？」

小澈沉默，他鬆開了擁抱，關音樂，抱著枕頭他坐在床上，還是沉默。

『我沒有非要和妳在一起。』

「可是——」

『我想要的不是一段同情或是感激的愛情。』

「我沒有——」

把枕頭丟向我，小澈改口：

『妳是不是一整夜沒睡？』

「嗯。」

『那妳先睡吧，難怪妳神智不清，光說這些有的沒的。』

「什麼有的沒的！我是——」

啊～啊～這個暴力狂！居然直接把我抱了然後丟在床上。

『睡吧睡吧這位大姐，還是睡著的時候可愛些。』

「之前不是某人埋怨我睡覺會流口水？」

『還有會在棉被裡放屁，妳少以為可以略過這一點。』

「喂！」捉住小澈的手，我撒嬌：「那我可以抱著你睡嗎？」

『不行！』

「小氣鬼喝涼水啦你！」

『我是。』

這傢伙……

「那不然你手借我？」

他瞪我。

「好嘛好嘛手借人家嘛！」

『煩死了，一把年紀了還用娃娃音撒嬌，老天爺！』

「喂！」

『拿去用啦。』

哈！

於是我就這麼把臉枕在小澈的手心上，在他手心的溫度裡，我終於能夠閉上眼睛安穩的入睡。

緊握著小澈的手，我們頭依偎著頭睡，睡得很熟，好像只要不被打擾的話，就可以一直這樣睡不醒也沒關係的熟睡。

幸福的熟睡。

第二十三章

不知道是睡了多久之後，我的手機響起，而小澈替我接起，在幾句簡短的應答之後，他把手機遞給我，說：

『我姐。』

「哦。」

於是我迷迷糊糊的接過手機：

「小瑱呀？」

『我是以文。』

我轉頭瞪著小澈，而這傢伙卻理所當然的樣子，而且甚至還耍個性的直接走掉。

「你還好嗎？」

『嗯，待會要開記者會，妳呢?還好嗎？』

「還可以，但是、但他們怎麼肯讓你打電話了？」

『因為我說如果不讓我打這通電話，我就不去記者會。』

「以文——」

『他們寫了一篇稿子給我唸，內容大概是說那張照片是一場誤會，而妳是我的表妹。』張以文嘖了一聲，『真虧他們想得出來。』

「對不起。」

『為什麼？』

「我怕影響到你。」

『反正我本來就是誤打誤撞進來的，我沒有很在乎這份工作，妳要相信我這一點，好嗎？』

「但以文註定了是那種要飛的人哪。」

『飛？』

嘆了口氣，忍不住的我還是問：

「你想我們是不是分手比較好？」

『我不要。』

「可是——」

『妳還愛我嗎？』

「如果我喜歡上別人了呢？一個談起感情來可以不用這麼複雜的人？」

以文沒有接話，我聽見他在電話的那端嘆氣，這好像是我們認識之後，我第一次聽見以文嘆氣。

『這是藉口嗎？』

「如果不是呢？」

『是那個男生吧？長得像羅志祥的那一個。』

「嗯。」

『為什麼？』

「我們到底不是同一個世界的人哪，你離我……太遙遠了。」

『如果我不當明星呢？』

「以文——」

我還想再說些什麼，但我聽見他身邊有個女人冷冷的告訴他時間到了，於是我們的電話被切斷，甚至連再見都來不及說。

『是藉口吧？』

倚在房間門口，小澈也這麼問我。

原來他一直沒走。

「幸福是不可能完整的。」

『嗯？』

「羅志祥在〈好朋友〉的MV裡有這麼一句話，我覺得很對。」

『妳也看了那MV？』

「嗯。」

『那妳知道結局是什麼嗎？』

「不知道，你說呢？」

小澈沒說，他反而問我：

『妳愛誰多？』

我沉默，閉上眼睛，流下自從長大之後的第一次眼淚。

『不是不哭的嗎？』

「不知不覺就變這樣了。」

『這眼淚是因為誰？』

「我不知道。」

『那妳知道什麼？』

「我知道我需要小澈。」

『是需要而不是愛。』

「是愛，所以需要。」

嘆了口氣，小澈坐在我的身邊，肩並著肩，他問：

『如果對妳而言我是需要的話，那麼張以文呢？』

「是美夢。」

『不是風箏？』

「是風箏也是美夢，都不是該屬於我所能獨自擁有的，我的手、太小了。」

『這不是妥協嗎？』

「這是嗎？」

『這是，雖然我是真的愛妳，但如果只是因為妥協而得到的愛情，那我寧可不要。』

「但你是我的需要也是我的美夢呀。」

『我只是妳的習慣。』

「小澈！」

『妳先一個人靜一靜好不好？』

起身，小澈這麼說。

「你要去哪裡？」

『去買蠟燭呀，都被妳點完了不是？』

「哦。」

『不要亂跑哦。』

「好。」

沒有你，我還能亂跑去哪裡？

等小澈出門之後，我走到客廳然後打開電視，而我只是在想，或許這會是我最後一次看到以文了，只不過很奇怪的是，我看到了那場LIVE連線的記者會，卻怎麼也沒看到以文，相反的，是那個狠角色女老闆臉很臭的出面澄清這是一場誤會，而我只是以文的表妹。

怎麼回事？

當我百思不得其解的時候，有個人打開門走進來，而那個人正是以文。

「你怎麼？」

『我偷跑出來的。』

「但是？」

『我在門口遇到那個男生，他把鑰匙交給我。』

「可是——」

『我的心都已經快要碎掉了，我管不了什麼可是不可是的了！』

很奇怪，我明明是想要笑，但結果我卻是掉淚。

『我還可以抱妳嗎？』

「我不知道。」

『在門口的時候，那個男生和我打了一個賭。』

「嗯？」

『他說，如果妳親口告訴我，妳愛我多的話，那麼、他就不會被絆住了。』

「他想飛嗎？」

『我想是吧。』

小澈……你是真的想飛？或者這就是你的妥協？

『他還要我問妳一個問題。』

「嗯？」

『妳的眼淚是為誰而流？』

「……」

『其實妳一開始就錯了。』

「嗯？」

『我不是想飛，我只是被風吹著走。』

「……」

『葉子的離開，是風的追求，還是樹的不挽留。妳聽過這段話嗎？』

我點頭。

『當我看到這段話的時候我只奇怪：為什麼他們都不問問葉子的選擇呢？就連葉子自己也是。』

「……」

『妳可以挽留我嗎？』

「……」

『因為我的選擇是妳，我不想要離開心愛的樹，我討厭風，因為冷。』

「……」

『其實和他打完賭之後，我也和自己打了一個賭。』

「嗯？」

『賭偶像能不能談戀愛。』

「如果輸了怎麼辦？」

『那剛好，我很想回家開民宿。』

「以文──」

『在空中飛……很冷也很孤單，我討厭那樣；所以呢？妳願意和民宿老闆交往嗎？』

我破涕為笑。

「或者妳只是因為我是偶像才跟我交往的？」

我沒回答，我笑著走向以文，走向他的懷裡。

其實我覺得以文說得真對，我的確是從一開始就錯得離譜。

我一直以為會對我說這種話的人是小澈，一直以為會堅決想要我的愛情的人是小澈，一直以為不想飛的人是小澈，一直以為會堅持陪我留在原地的人是小澈，但我現在真的搞糊塗了，原來我錯了。

『所以呢？葉子可以被挽留了嗎？』

我開口想告訴張以文我的答案，但手機卻響起，而打來的人是我們的老闆娘。

『以文在妳那邊對不對？』

「嗯。」

『如果妳是為他好的話，叫他現在馬上回來！』

「好。」

掛上手機之後，張以文問：

『誰？』

「他們，公司的人在找你，他們希望你馬上回去。」

『沒聽到妳的答案我不走。』

「我再告訴你，可以嗎？」

因為我真的不想害你，而她說得對，如果是為以文好的話，不該自私的留下他。

『什麼時候？』

「晚上可以嗎？」

『我會等妳電話。』

「好。」

當天晚上，小澈和小瑱一起回家，我把鑰匙交給小澈，然後問小瑱好不好讓我們獨處一會？

『好。』

小瑱說。

「你是真的想飛嗎？」

『妳不是說過我也是屬於那種能夠飛翔的人嗎？』

「可是——」

『我們剛剛開過家庭會議了。』

「家庭會議？」

『嗯，家庭會議，』揉了揉我的頭，小澈試著輕鬆的笑著說：『我決定出國唸書。』

「只能這樣嗎？」

『這樣很好呀，反正我本來就不喜歡當模特兒，大學又還沒唸完，這樣很好。』

「如果我想絆住你呢？」

『不行。』

「為什麼?」

『記不記得妳賭輸過我一次?』

「嗯。」

『那麼，代價就是不能絆住我。』

「記不記得你和以文的賭注?」

『嗯。』

「答案是你輸了。」

『但我天生輸不起，妳忘了嗎?』

「你很過分耶!」

『我知道呀。』

「你真的要走?」

『嗯。』

「為什麼?」

『因為我發現以文比我還要愛妳。』

「但我的眼淚是因你而流的，你一定要記住這點。」

『但妳也愛他多吧？』

「誰叫你一直欺負我。」

『呵，記不記得我說過妳是我最好的朋友？』

「當然嘛記得，因為你難得說過幾句人話。」

又巴了一下我的頭，小澈說：

『我要更正，妳是我最重要的人，所以我希望妳能快樂。』

「最重要的人？」

『嗯，就像是在這個世界上的另一個我那樣。』把我擁在懷裡，小澈又說：『我們還是當好朋友比較快樂，所以我才選擇妳的愛情，我站在對面，這樣，妳懂嗎？』

在眼淚又沒用的流下來之前，我趕緊說：

「記不記得我說過很討厭你？」

『記得呀，妳要收回哦？』

「不，我不收回，而且我還要再強調一次，我真的真的很討厭你。」

於是小澈終於笑了，很溫柔很溫柔的那種笑，而且還不忘推我的頭，好朋友的那種推法。

好朋友。

『打擾一下。』
我們同時轉頭，原來是小瑱偷偷摸摸的從門外探出臉來：
『情況緊急，快看電視。』
「啊？」
然後小瑱三步併兩步的打開電視，我們看到以文在公司樓下被所有的記者團團圍住，而張以文一副輕鬆自在的表示那張照片不是誤會，而且還希望大家祝福他的愛情，因為偶像也是人，也需要戀愛。
不知道有沒有人發現，在鏡頭的角落，那個狠角色模樣的女老闆，她臉上的表情比哭還難看。
完了。
原來最狠的人是以文，我們全都看走眼了，全都被以文靦腆的笑容給騙了。
完了。
當記者會結束之後，這對姐弟異口同聲的問道：
『妳要不要去刷浴室？』
「哦，好呀。」
本來我以為以文會因此被監視上好一陣子，但沒想到我浴室才刷不到一半，他就打了電話來，以文笑嘻嘻的說被那狠女人訓了一頓，並且他們做出先冷凍他的決定，打算等事情平息之後再觀察觀察粉絲的反應再做決定。

「我結果還是害了你吧？」

『怎麼會？我終於能夠好好的閉上眼睛睡覺，或者跟我的女朋友好好的說話了。』

「呵。」

『妳還是我的女朋友嗎？』

「嗯。」

『鬆了一口氣的感覺呢。』

「呵。」

『那個男生呢？』

——妳是我最重要的人，所以我希望妳能快樂。

——我們還是當好朋友比較快樂，所以我才選擇妳的愛情，我站在對面。

「他要飛走了，出國唸書了。」

『那我會一直守在妳的身邊。』

以文最後說。

而其實我沒告訴小澈的是，正因為他也是我最重要的人，所以我尊重他的選擇，我們當好朋友很快樂，雖然這並不代表我們當情人就會失敗，但我尊重小澈的選擇，因為我知道，愛是成全。

我愛小澈，我於是成全他的離開。

》終《

我們在乾爹的餐廳裡為明天就要搭機去英國的小澈餞行，為了這傢伙，我乾掉生平第一瓶的啤酒，結果最後是被抬著回家的，而且還是在床邊的地板上醒過來。

「這是怎麼回事？」

聳聳肩膀，小澈回答：

『還不就那麼回事。』

「你又把我踢下床？」

『拜託！誰想跟一個沒洗澡又渾身酒臭味的女人睡覺呀？』

過分。

我們同時整理行李，因為同樣是要飛行；只不過小澈是要飛去英國，而我飛得比較近，我們是要飛去南部回家一陣子，我們，我和以文。

雖然我不是大明星，但我也真是好久沒有回家了，張以文是忙著拍戲，而我則是忙著替這兩個養尊處優的姐弟倆煮飯掃房子兼沒事就被巴頭過肩摔，哎～～這就是有尊嚴和沒尊嚴的差別所在。

當我們的行李都整理好之後，我望著這個突然空了好多的房間，開始回想起在這房間裡發生過的點點和滴滴：從那天醒來發現身邊突然多出一個男生開始，到最後那個男人還是把我踢下床為止，我突然深刻的感覺到：人生中最美好的回憶好像都是自從我住進這裡而開始的。

我覺得好捨不得。

『哭什麼哭呀！以文來接妳了啦！』

從回憶裡回過神來，原來是那小子倚在門口。

「誰哭了，我只是眼睛在流汗而已。」

『腦殘。』

「你才暴力狂咧。」

於是小澈笑著走了過來，依舊是很沒禮貌的揉了揉我的頭，然後說：

『好消息和壞消息，妳要先聽哪一個？』

「我習慣聽壞消息耶。」

『妳白痴哦！』又巴了一下我的頭，『以文被解禁了，沒想到他的粉絲還挺喜歡深情告白兼偶像也是人也需要談戀愛的那一招，我忍不住都要懷疑他是不是早就知道了呀？』

「呵，這是壞消息，那好消息是什麼？」

『好消息是如果你們結婚而妳又在婚禮前反悔的話，妳就沒有辦法像〈好朋友〉MV裡的林依晨那樣穿著白紗跑來找我了。』

「為什麼？你不回來了嗎？」

『不，因為我希望你們幸福快樂，我不想要那樣子的事情發生在妳身上。』

又把我惹哭了，這傢伙……

『欸！我們來個擁別好不好？』

小澈笑了笑，伸開雙臂讓我走進他的懷抱裡。

「我那天忘了告訴你，你也是我最重要的人。」

『怎麼很倒楣的感覺。』

「喂！死鴨子嘴硬。」

『我一向是呀。』

「呵，要幸福喔。」

要幸福喔！

The End

》終《

文字之外的橘子，和你們

幸福是一種狀態，不是時態

by橘子

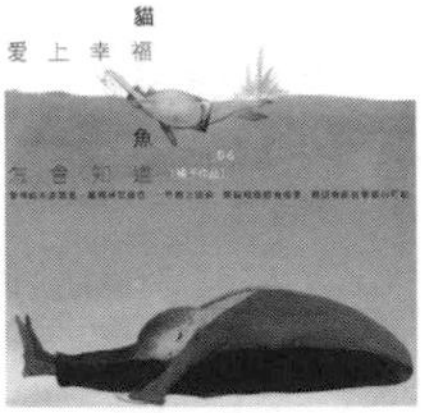

這是我寫在《貓愛上幸福，魚怎會知道》裡頭的一句話，藉由老巫婆的嘴裡說出來，感覺更有它的味道。

《貓愛上幸福，魚怎會知道》沒記錯的話大概花去我兩個多月的時間專心寫作。因為一個偶遇的畫面，我開啟《貓愛上幸福，魚怎會知道》這故事。

那時候編劇的工作不太順利，在膠著不明的情況下，我索性寫起自己的小說來。在接近完稿時，《惡魔在身邊》也同時順利的開始寫本，於是一頭又栽進教人崩潰的編劇工作裡，以至於《貓愛上幸福，魚怎會知道》完稿之後，除了寄給出版社，就從此將它擱置。

就連文案也是靈光乍現於一杯咖啡的時間裡。

接著我忙碌著趕《悲傷戀歌》、《我的女孩My girl》、《對不起，忘了你》的完稿以及其他的編輯潤稿、文案下標，直到它出版了、收到書了也只是匆匆一瞥，沒能專心閱讀。

後來接到出版社傳來《貓愛上幸福，魚怎會知道》銷售量的捷報，反而覺得有點對它不起。

感覺好像是自己忽略了的老朋友，默默的說了些它自己想說的話，而我還忘記，那些話，是我曾經告訴過它的。

它感動了一些人，也讓我知道堅持了好久的，這種太過輕淡、略略冷漠、始終安靜的文字，雖然冒險，但還是有存在的空間。

而在忙碌暫停，沉靜下來的這段時間裡，我終於翻開它，然後重新閱讀它，這個安靜的老朋友。

『幸福是一種狀態，不是時態。』這句我自己的話跳進我的眼睛裡。

而我始終想不起來，是在怎麼樣的一個畫面裡？是什麼樣的心情？想訴說的對象是誰？我寫下這句話。

橘子 at 無名小站 於 12:10 p.m. 發表

回應

這是我看的第一本橘子小說
也是我最喜歡的一本
總是一而再再而三的拿起來閱讀
每次在閱讀的過程中
都會感受到幸福的存在

Shizuka 於 August 1, 2006 12:58 a.m. 回應

5/25凌晨很難過，心情低落到了不行
走到熟悉的7-11，發現了《貓愛上幸福，魚怎會知道》
為什麼妳的文字總是可以讓我壓抑已久的情緒
一再爆發　眼淚不斷的宣洩～
我想這樣也好　想說溺上妳的文字好難戒
但是我就是愛

於 August 2, 2006 01:06 a.m. 回應

最近才開始注意到妳的小說
每一次看完都會有很深刻的感覺
感覺像是領悟了什麼
妳的小說讓我理解了一些事
謝謝妳……

evonne1006 於 August 2, 2006 04:45 p.m. 回應

5/25的凌晨
我的《貓愛上幸福，魚怎會知道》陪了妳
嗯
橘子。開心
如果我的書能帶給你們幸福的感受還有理解
這五年來的堅持寫作就值得了：）
要幸福喔

橘子 於 August 3, 2006 10:44 a.m. 回應

很喜歡這本書唷！

oceancandy 於 August 15, 2006 10:51 p.m. 回應

妳日誌字很小，看不到
嗚嗚…很想看

tata1122 於 September 10, 2006 02:17 p.m. 回應

dear

字太小的問題我試著逐篇逐篇的改
不過文章實在太多了
還是先多多包涵囉

套句陳年廣告詞用用
原文：我是做了爸爸之後，才開始學會做爸爸的。
橘子：我是弄了部落格之後，才開始學著用部落格的。

橘子 於 September 10, 2006 03:38 p.m. 回應

愛

愛是接受。

後來我想我的答案應該是這樣。

就好像，我愛又高又帥又有錢的男人。（雖然依舊沒有人願意跟我聊曹錦輝，但我就硬是要再強調我想像中的男人就是曹錦輝。）

他最好還不要超過三十歲，外表霸氣個性溫柔，他最好很依賴我，並且我講的笑話他全部知道該怎麼接，當我胃脹氣時他會幫我揉肚子；當我又犯心悸，他會按著我的心臟；當我沒自信時，會給我個支持的擁抱。

反過來，我也是這樣程度的愛他。

然而，那也只是我的理想情人，我知道理想和現實是兩碼子事。

如果，當我愛上一個男人時，以上的理想條件則就失效了。

有句老話說愛情使人盲目，但我覺得它的意思應該是：愛是接受。

只是，當愛消失了之後，這些接受也跟著就不見了；甚至更多的時候，愛之所以會消失，可能就是因為不願意再接受了。

然而，我只是在想，世界上有種愛，是永遠不會消失——親情。

就好像，我理想中的父母是有份厲害的職業，既知性又感性，當我表示想當作家時，他們第一個想到的不是怕我會沒飯吃，而是全力的支持。

然而，實際上我的父母沒有很厲害的職業，很善良卻膽小，我不用表示想當作家，他們就開始害怕我會餓肚子，不是很支持，卻不敢反對。

儘管如此，我還是愛他們，因為愛是接受，無條件的那種。

不會消失，只會更懂得。

橘子 at 無名小站 於 12:28 a.m. 發表

回應

給橘子

這篇寫得超好

不知為什麼看到後面好想哭

葉緋 於 November 24, 2006 06:36 a.m. 回應

@@
喜歡這篇！

天使 於 November 25, 2006 01:41 a.m. 回應

嗯嗯
喜歡

涼 於 November 26, 2006 05:34 p.m. 回應

橘子　謝謝妳的答案

j5i2n0g 於 November 30, 2006 07:33 a.m. 回應

我想，是吧！
沒有反駁的理由
愛就是如此：）

smile1097 於 November 30, 2006 07:20 p.m. 回應

是啊是啊～但這樣的道理我竟是在婚姻中才學會的～

celiakoppe　於 December 1, 2006 07:49 a.m. 回應

這女人！

居然在默默炫耀自己嫁了而且還沒找我當伴娘甚至也沒跟我聊曹錦輝！！

警衛！把她架走啦～～

橘子　於 December 10, 2006 01:43 a.m. 回應

橘子報告。2006

雖然二〇〇六年已經走掉，不過還是來給他報告一下

二〇〇六年的橘子一共出版八部作品，本本都叫好又叫座！！

哈！『本本都叫好又叫座！！』這句話是在一位作家張國立的作者簡介裡看到的，當我看到這八個字外加兩個驚嘆號時，連書都還沒正式翻開就笑了，算他厲害。

張大叔的書很幽默又好笑，忘了在哪本雜誌也有專欄，拿過皇冠文學獎，是個可愛的歐吉桑。

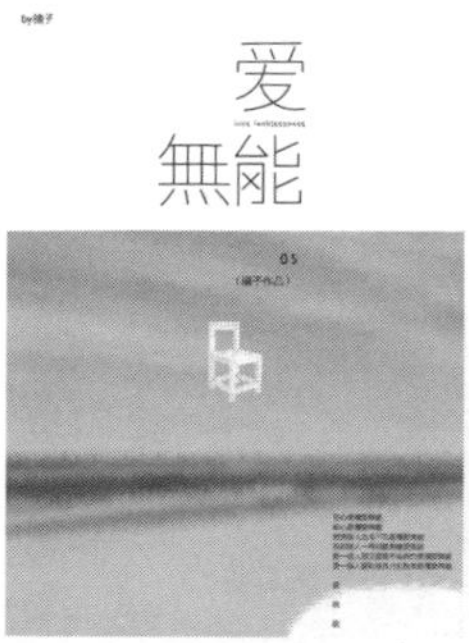

《愛無能》半夜三更還和主編在永和豆漿校稿的小說。

《悲傷戀歌》生平第一部的電視小說，一聽到悲傷兩個字老闆就指定我寫，對於這件事，至今我仍不知道該高興還難過。

《貓愛上幸福，魚怎會知道》是在寫《惡魔在身邊》劇本期間開啟以及完稿，一個月左右的時間，而當時我並不知道那一個月對我往後的人生會有某種程度的影響。

《我的女孩My girl》有夠殺的用一個月時間把它趕出來，也因此奠定老娘手痛的引子。

《愛情，欠了我們一分鐘》回頭看感到有點遺憾，因為覺得應該可以把它寫得更好。

《對不起，我愛你》《對不起，忘了你》寫完忘了你之後，陷入半年之久的寫作低潮，真的很討厭。

《幸福，不見不散》第一次給各位寫卡片，感覺很愉快，P.S.：橘子作品正式邁向二位數，

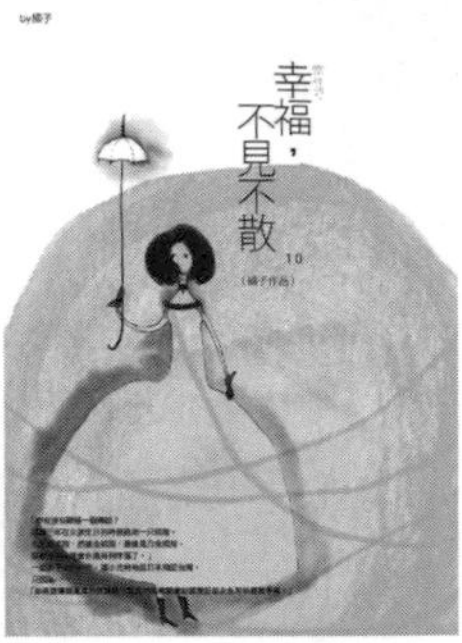

有時候我覺得寫作和愛情很像：

付出往往並不代表就能得到，兩者之間更難會有平衡

然而，因為有你們，我的付出沒有白費

希望，2007的我們，還能繼續相愛

橘子 at 無名小站 於 01:00 a.m. 發表

回應

一定會一直相愛的。愛死妳了。呵 =v=

眷戀妳的字。所以有整套妳的作品。相信妳。

心痛時不習慣哭。因為已經麻痺。

但只有妳的字，能帶出我的眼淚。這樣算好嗎？
大男人捧著一本書痛哭流涕的感覺……是有那麼一點噁。

IvanRay　於 January 22, 2007 10:33 a.m. 回應

剛看完妳一月出版的新作《幸福，不見不散》
那種筆風真的帥……我一看就上癮
寫得很棒唷！

peggy 於 January 23, 2007 12:29 p.m. 回應

《對不起，我愛你》
看完這本書之後，我起身到書局買了妳所有的書。
雖然不知道有哪些，但是後來才知道原來妳是惡魔在身邊的編劇。
那2007期待妳更好的作品

於 January 23, 2007 02:37 p.m. 回應

雖然有些書還沒看過
但看了《幸福，不見不散》就愛上

其他的應該更令人喜愛
加油！期待能有更多的迴響
也讓更多甜蜜的故事分享給大家

Michelle 於 January 24, 2007 07:44 a.m. 回應

等到小米我把目前橘子姊每一本作品買回家之後，一定來通知妳 XDDDD

hsu4ever 於 January 25, 2007 02:51 p.m. 回應

《愛情，欠了我們一分鐘》
其實已經好到一種程度了
就是……好的那種程度
剛剛的好

Yu 於 January 25, 2007 06:15 p.m. 回應

加油加油！祝妳破二位數！

阿苓 於 January 27, 2007 07:04 p.m. 回應

橘子常被問

Q：可以認識妳嗎？

橘：當然呀，要不老娘弄這部落格幹嘛？

Q：為什麼留言都會回？很閒嗎？

橘：是不閒，但這是我們唯一的交流機會，所以我很珍惜。

Q：橘子有男朋友嗎？

橘：很該死的目前沒有。到底有沒有人認識曹錦輝或者那款的菜呢？很想被叫作「曹太」的橘子。

Q：小說裡的故事是真的嗎？

橘：假的。

Q：可以幫我看看自己寫的小說然後指導指導嗎？

橘：不可以。因為老娘嘴巴很壞而且沒把握對方心臟夠強再加上得罪讀者不是聰明事。

Q：可以幫我寫個故事嗎？我有無論如何也想被寫下的故事，而且是被妳寫下。

橘：可以呀，只是我收費很貴，沒開玩笑。

Q：可以上我的部落格留言嗎？

橘：沒看錯，就是在講你！另一個橘子！你你你！生日再說，我會記住的，因為同天生。

Q：會不會辦簽書會？

橘：不曉得，因為自己沒有提議而出版社也沒問，或許哪本書賣到第一名就立刻來辦辦而且還爆乳出現，但我想應該也沒人期待這個吧？嘖！

Q：下一本書何時出？

橘：沒意外的話兩個月出一本，直到各位不再鳥老娘的書為止。（嘖！這件事光想就討厭！）

Q：可不可以教我寫作？

橘：小朋友，把你教會了那姐姐我混啥呢？

Q：小說裡的女主角是妳本人嗎？

橘：哪天小說裡的男主角是曹錦輝，那麼女主角就會是我本人了。

Q：認識九把刀或其他作家嗎？

橘：雖然同個出版社但其實並不認識，也不認識其他作家，沒辦法，橘子又懶又被動。

Q：對不起第三部什麼時候出？

橘：還在醞釀，因為會是最終部，所以得三思而後寫，謝謝各位愛它，因為我也很愛它。

Q：怎麼樣當個作家？

橘：夠字戀，寫小說，去投稿。

不過聽姐姐一句話：孩子，這不是條好走的路，閱讀永遠比寫作簡單。

Q：怎麼樣才能談場幸福而又美麗的戀愛？

橘：你問錯人了寶貝。把愛情寫好和把愛情談好是兩碼子事。

先醬囉

橘子 at 無名小站 於 01:36 a.m. 發表

回應

把愛情寫好和把愛情談好果然是兩碼子事

ivan77 於 January 29, 2007 09:23 a.m. 回應

狂XD的呀橘子姊，
妳真的很想染指小曹對不對？（挑眉）
小米＊

hsu4ever 於 January 29, 2007 01:51 p.m. 回應

哈哈，我爸也叫錦輝呢
如果妳不介意姓的話，可以當我乾媽（踹）

阿苓 於 January 29, 2007 07:06 p.m. 回應

今天又重看了一次《愛無能》
發現身邊竟然有跟書裡相似的感覺
所以等等又要再看一次

chingn7 於 January 29, 2007 09:46 p.m. 回應

蠻期待橘子辦簽書會的

葉緋 於 January 29, 2007 10:33 p.m. 回應

我很喜歡對不起這個系列
希望橘子可以快快寫出第三部吶
期
待

ㄚ霈* 於 January 30, 2007 12:09 p.m. 回應

第一部~忘
第二部~愛
第三部~恨

~〃~
用恨反過來寫愛情~@.@~
ㄟㄟ~橘子姐姐~
我有一個朋友看到一本書的封面~
居然會說如果是本人的話~
他會愛上她耶~
這是不是太扯了阿~〃~

ja.m.min 於 February 8, 2007 04:01 a.m. 回應

正解：
第一部。愛
第二部。忘
第三部。想
ㄟㄟ我覺得確實是有點扯哦
倒是、哪本書封面這麼正？

橘子 於 February 8, 2007 11:33 p.m. 回應

是嗎～倒是覺得所有的愛情都會由想念來構築的～
大概我的腦袋就只能裝這樣的想法吧～〃～
有些人用愛情去想
用遺忘去想
甚至嚴重一點用恨去想念（真是可怕的怨念）
至於超正點的封面就是
寂寞無上限～

ja.m.min 於 February 11, 2007 08:42 p.m. 回應

哈哈‥
「把愛情寫好和把愛情談好是兩碼子事。」
很經典：)

angel51024 於 February 12, 2007 09:59 p.m. 回應

金牛座男生

今天起了個大早把房間大大的整理一番之後，我跑去這幾年來習慣弄頭髮的那髮廊把該死的劉海修一修。

髮廊的洗頭總是沒按摩，這點讓我介意很久，不過只要是剪燙，我就還是會跑去找他忍受沒按摩的洗頭。當然，這是題外話了，不過，洗頭按摩很重要，這我得強調，說來還是小林比較優，連手都按到，精油護髮沒記錯的話還比較便宜——

好啦，不說題外話了。

結果我的Gay設計師好迫不及待的把他的感情困擾丟給我之後，接著好風情萬種的問了我這麼個問題：

「怎麼樣才能讓金牛座男生『確實』對妳告白呀？而不要只搞曖昧？」

「老娘只是來剪個頭髮，幹什麼還要回答這些感情問題呀！混帳！先去買光我的書，老娘再考慮要不要回答！」

本來是很想這麼吼他的，因為今天心情實在很不好，不過最終還是怕他老子一個火大亂剪我的頭髮於是很俗辣的回答他：

「我遇過的金牛座男生都很花耶。」並且：「有些男生很無聊，就是特愛玩忽冷忽熱的小孩子遊戲，這種人我們不要理他。」

我說，然後他好同意的點頭如搗蒜。

金牛座男生都很專情也很花，我遇過的是這樣。

他們會有個交往好幾年的女朋友，同時卻又對妳亂放電，見過幾次面就寶貝呀親親的亂喊一通還沒經過妳同意。

吃個便飯叫約會，三不五時會傳來訊息說好想念，可是他們會有個交往好幾年的女朋友，他們不怕妳知道這件事情。

金牛座男生都很專情也很花，因為他們分得很清楚，也擺得很明白，他們只想要偷吃嚐鮮，他們並不想要重新開始一段感情，那很累。

而我其實覺得，不只是金牛座男生，其實十二星座的男生好像都這樣。

我說的是好像，我不愛以偏概全。

而其實我只是在想，會不會其實女生也這樣？只要是人都這樣？不管哪個星座的。

而我只是在想，而非以偏概全。

然而，不得不說明的是，Gay設計師並不知道我的職業，就奇怪我長了一張讓人就想把感情困擾向我倒來的臉嗎？

還有，不得不說明的是，Gay設計師本身也有男朋友，哎～～連男Gay都不安份。

橘子 at 無名小站 於 03:16 a.m. 發表

回應

或許人都會有坐這山望那山的特質吧

chun0509 於 February 6, 2007 10:13 a.m. 回應

那金牛座的女生如何呢?哈哈~

日日野 於 February 6, 2007 02:01 p.m. 回應

哈!怎麼有種搞笑的感覺ㄆ

j5i2n0g 於 February 6, 2007 05:00 p.m. 回應

一樣米養百樣人……

只是橘子妳還沒遇到專情的人吧……

ivan4027 於 February 6, 2007 05:47 p.m. 回應

真不巧

我對金牛男也沒好感

Yu 於 February 6, 2007 08:58 p.m. 回應

我想那是因為妳長得看起來……
像受過很多苦難……吧……

erice 於 February 7, 2007 07:38 a.m. 回應

哈***
野花比家花香嗎 =)

BoAayu115 於 February 7, 2007 09:39 p.m. 回應

嗯我遇到的不會呀

lala0425g 於 February 9, 2007 10:35 p.m. 回應

我的確遇到妳所說的這種牛男……我的評語是：爛情人= =+

jo11223322 於 February 9, 2007 10:57 p.m. 回應

會嗎？
我遇到的牛男對我很好耶
而且很專一

水晶指甲 於 February 12, 2007 11:50 a.m. 回應

嗯哼……大概所有的男生都降吧

qazxsheq 於 February 13, 2007 06:02 p.m. 回應

寫得好好喔……我深感認同

sss333eee 於 February 13, 2007 09:19 p.m. 回應

我是個金牛
妳形容得實在蠻貼切

ahbwizai 於 February 15, 2007 11:21 p.m. 回應

既然妳這麼說了……
那以後是不是會有例外呢？
又不是每個金牛都很花……==

查理 於 February 15, 2007 09:58 p.m. 回應

金牛座男生都很專情也很花，我遇過的是這樣。
好像很多人誤會我這意思

我『遇過的』都這樣，而非『全世界的金牛座』都這樣，火星上的也不例外！
沒有在以偏概全，就強調這最後一次

橘子 於 February 16, 2007 12:03 a.m. 回應

我倒是相信金牛男很節儉

hahajohn 於 February 16, 2007 12:30 a.m. 回應

金牛男
真的很花……
至少我遇到的是這樣……
因為我失戀了
看到妳的文章
感觸良多
感恩

小乖 於 February 16, 2007 09:34 a.m. 回應

關於

關於為什麼我開始寫作的初衷其實是最常被問起的。

我常視對象的不同、心情的不同而給不同的答案。

因為失戀，因為寂寞，因為臭屁，因為愛現，因為想念，因為失眠……

有時是簡短的回答，有時會提起當時的一些故事，而更多的時候，是即興說些虛構的故事。

我也不曉得為什麼這樣，我想或許是因為我善變，也或許是因為我懶得解釋懶得回憶，更或許是因為我自己也不知道。

「因為有些話想說，因為有些人思念。」

我想最接近的答案應該是這個，可是這個答案說了好像沒說，於是我從沒這麼回答過。

有些不曉得該怎麼說的話，有些不太方便說出口的話，有些來不及說了的話，因為這些的累積，我將它們轉化成為文字，用我自己也不曉得為什麼擅長的方式——說故事，讓心打個洞，思念可以寄託，而言語化為文字。

我的文字比我的言語厲害，我的言語只會毒舌、只會狡辯、只會說謊、只會說笑卻沒有感情，我故意的。

我不太會認真的說我愛你，我想你，我不要失去你，我甚至不太喜歡道歉。

那大概是因為從小就養成洩露感情是件危險的事吧，我想。

是在接到她的來信時我再度思考這個問題，她問及為什麼在書裡經常提起死亡，或許是最近許瑋倫的意外身亡，這問題這陣子我經常被問起。

我想起有一個畫面，沒有對任何人提及過，或許也只有在《不哭》裡簡短描寫過。是小時候在那舊舊小小的家裡，當時哥哥還在，他的房間在我對面，他的書桌面對窗戶，偶爾經過時會看到哥哥坐在書桌前低頭書寫的背影。

是這樣的一個畫面，烙在我的心底，而當時我很小，而如今我長大，而我只是在想，或許那就是埋下我寫作的引子。

而我只是在想，我其實還是不太確定。

「死亡會傷害的，只有留下來的人而已。」

我曾想在書裡寫下這麼一句話，然而結果我還是沒有，至於為什麼，其實也忘了。

橘子 at 無名小站 於 04:01 a.m. 發表

回應

我想大推一句話

洩漏感情是件危險的事~我也是打從小就覺得的
不喜歡說對不起讓我吃過很多苦頭 = =

singa728　於 February 10, 2007 01:19 p.m. 回應

我也很贊同洩露感情是件危險的事及死亡會傷害的只有留下來的人而已
今天又聽到死亡的事
韓國演員鄭多彬自殺身亡
記得曾看她主演的《屋塔上的小貓》
還有她曾為這部戲來台宣傳
這樣鄰家女孩般親切可愛的人怎麼會想不開
橘子
我寫作則是因為喜歡
我的夢想是當小說家
希望我能像妳那麼厲害

葉緋 於 February 10, 2007 07:20 p.m. 回應

看妳的網誌

多少能知道關於妳的事及心情
希望妳能多寫寫這樣的事唷
我想瞭解我喜歡的作家

葉緋 於 February 10, 2007 07:25 p.m. 回應

有本漫畫裡面有寫到宮本武藏與佐佐木小次郎的故事，重點倒不是誰比較強。
反而我會提起的原因是（裡面提到小次郎是個天生的聾啞人士）
他會如此強悍的原因是因為：只有自己能和自己對話
所以他最接近劍術的真理
也就是說：或許是常把感情隱藏的人，才能如此的會講故事吧～

erice 於 February 11, 2007 03:27 a.m. 回應

剛認識妳跟其他人的時候
只是單純的想寫些什麼
可能是因為一個人在外面
太過無聊也思念台灣的關係
回來之後開始工作開始忙這忙那

人累也變懶
就連以前最愛寫信偶爾打電話給朋友的習慣
都變了
開始玩無名時幾乎天天來看妳跟其他人的網誌
後來發現都沒怎麼更新後也很少再來
久久來一次才發現
原來學姐妳也變了耶
看來我要花很多時間才能消化完這些

nina0613 於 February 11, 2007 01:30 p.m. 回應

死亡……
有時候會覺得
那些深愛卻已離去的人
很不負責任
笑著離開
留下的是淚流不止的我們啊

angel51024 於 February 12, 2007 10:05 p.m. 回應

國家圖書館出版品預行編目資料

妳的愛情,我在對面 ／ 橘子著. --初版，
臺北市：春天出版國際，2007 [民96]
-- 面；　公分. --（橘子作品集；12）
ISBN 978-986-6899-34-8（平裝）
857.7　　96003804

橘子作品 12

妳的愛情，我在對面

作　　者◎橘子
企劃主編◎莊宜勳
封面設計◎小美@永真急制Workshop
內文編排◎陳偉哲

發 行 人◎蘇彥誠
出 版 者◎春天出版國際文化有限公司
地　　址◎台北市忠孝東路四段303號4樓之1
電　　話◎02-2721-9302
傳　　真◎02-2721-9674
E-mail◎frank.spring@msa.hinet.net
郵政帳號◎19705538
戶　　名◎春天出版國際文化有限公司
法律顧問◎蕭顯忠律師事務所
出版日期◎二〇〇七年三月初版一刷
　　　　◎二〇一一年七月初版五十六刷
定　　價◎180元

總 經 銷◎楨德圖書事業有限公司
地　　址◎台北縣新店市復興路45號3樓
電　　話◎02-2219-2839
傳　　真◎02-8667-2510
印 刷 所◎鴻霖印刷傳媒股份有限公司

ISBN 978-986-6899-34-8
Printed in Taiwan